愛知大学綜合郷土研究所ブックレット

❻

豊橋三河のサルカニ合戦

『蟹猿奇談』

沢井耐三

● 目 次 ●

『蟹猿奇談』口絵（浅山盧国画、豊橋市中央図書館蔵）

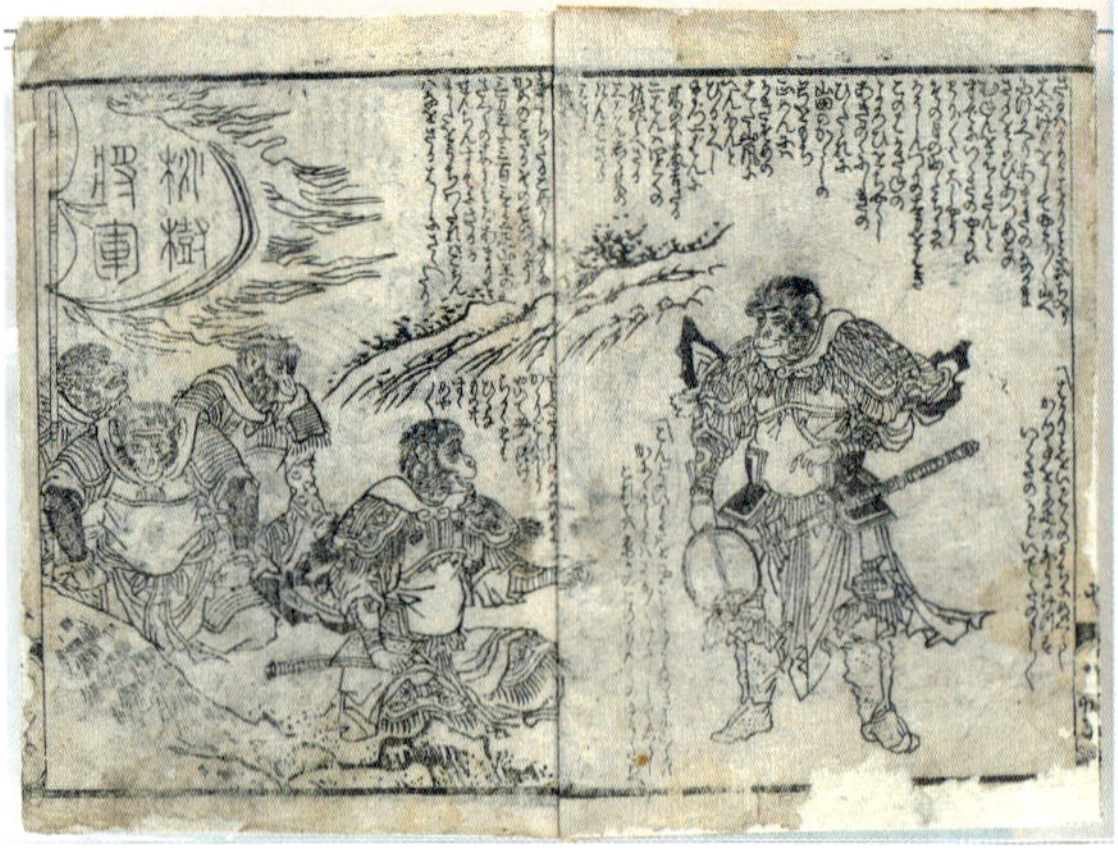

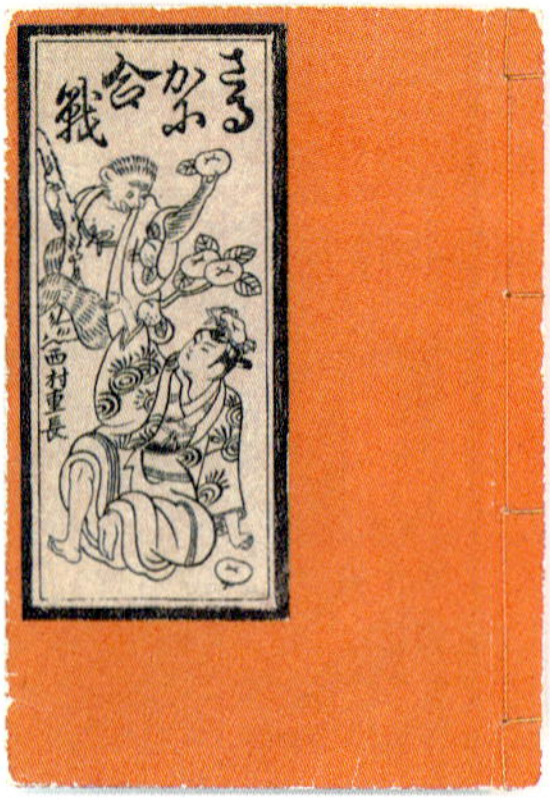

上右　赤本『さるかに合戦』
（稀書複製会）
上左　滝沢馬琴『増補獼猴蟹合戦』
中　『敵討猿ヶ島』の黍団子
下　久城春台『猿ヶ嶋敵討』絵巻

錦絵、一恵斎芳幾画
『猿蟹敵討之図』

おもちゃ絵、国郷画
『新板昔々さるかに咄し』

明治期のサルカニ合戦

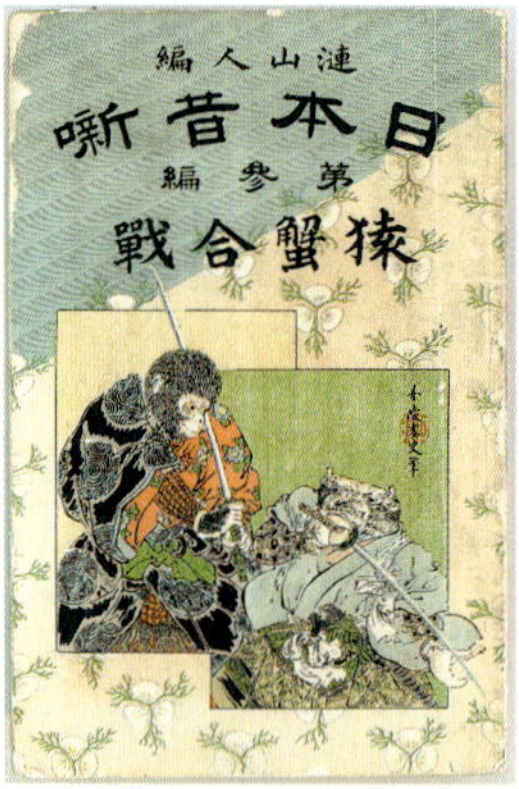

巌谷小波（明27）

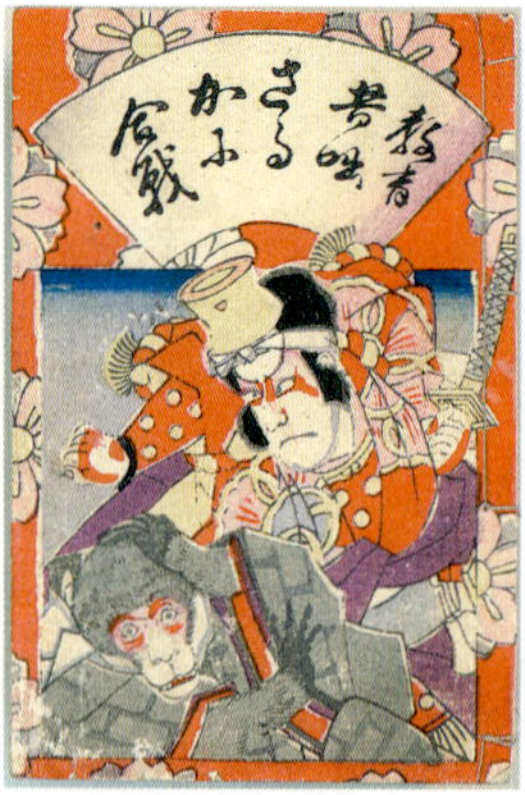

鎌田在明（明29）

豆本（明治初年）

石原和三郎『日露戦争ポンチ　サルカニ合戦』（明37）

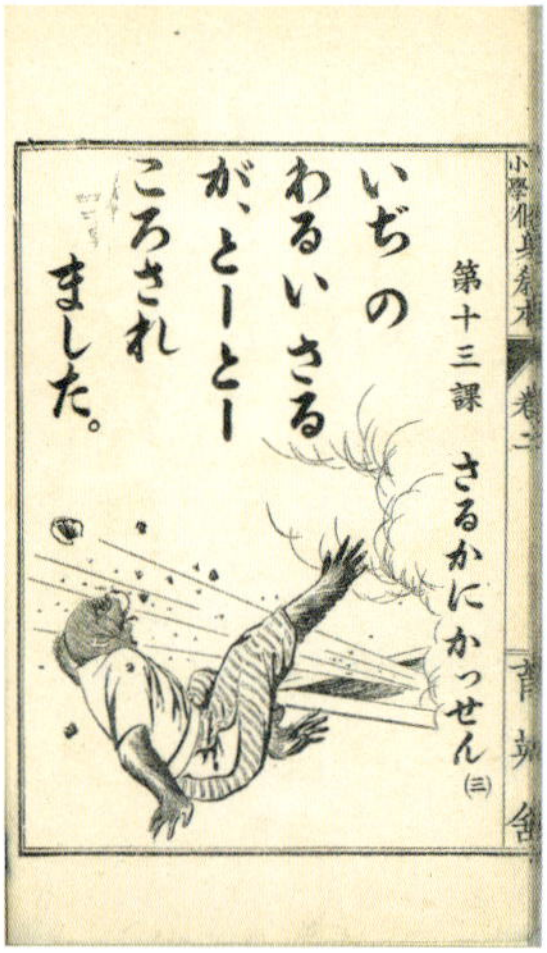

『尋常小学修身教本』二
育英社（明34）

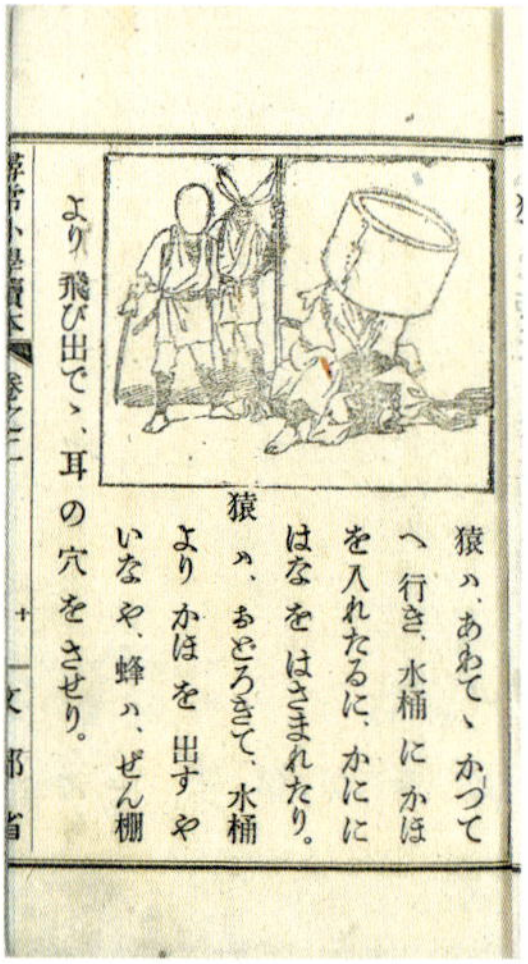

『尋常小学読本』二
文部省（明20）

チリメン本　ポルトガル語版
（明45）

一　江戸時代のサルカニ合戦

◉最も古いサルカニ合戦の絵

『家忠日記』の戯画

日本人によく知られたサルカニ合戦であるが、その起源となるとよく分からない。あるいは民話（昔話）のように、ある地方で語られていたものが書き留められるようになったのかも知れない。民話のサルカニ合戦については後述するとして、上の絵を見ていただこう。絵の右下には蟹が描かれ、そのまわりに蛇、臼、栗、蜂、糞（らしきもの）が車座になっている。その横に「さる嶋へかたきとりに」という文字が記されている。一見してサルカニ合戦における謀議の場面だと気づくであろう。

この絵は、戦国時代（室町末期）、徳川家康の家臣で、三河国深溝《ふこうず》（額田郡幸田町）の城主であった松平家忠による『家忠日記』天正十二年（一五八四）四月二十日の条の余白に描かれているものである。もしこの絵が日記の日付のときに書かれたものであるとすれば、サルカニ合戦は室町時代末期には既に流布していたということになる。

　天正十二年という年は、織田信長が本能寺に最後を遂げた二年後、徳川家康と羽柴秀吉が小牧・長久手で互いに戦った年でもある。室町末から江戸時代前期にかけて御伽草子《おとぎぞうし》と通称される短編物語が数多く作られているが、その中にサルカニ合戦は入っていない。また同じ頃、全国的に流行した俳諧作品の中にもサルカニ合戦を詠み込んだものが見あたらない。俳諧という庶民が詠み手の、世俗的な事柄を積極的に汲みあげた文芸においてもこれに触れたものがないということは、やはりまだこの時代、サルカニ合戦が一般的ではなかったことを物語っているのだろう。個人的な結論を言えば、サルカニ合戦は江戸時代に入ってから広まった物語であるように思う。

　それでは『家忠日記』の古い年号はどうなるのかといえば、『家忠日記』に記された戯画は、後年誰かが日記の余白に落書きしたものであろう。実はこの『家忠日記』、戦乱の中で反古《ほご》になりかけていたのを家忠の孫の忠房（肥前島原城主）が修復し保存に努めたという事情のある本で、その間にサルカニ合戦の話を聞いた子供などが、日記の余白に落書きしたことなども推測される。忠房がこの日記を修補したのは寛文八年（一六六八）のことで、それ以後に下ることはないだろう。

　サルカニ合戦の古い本としては、享保・宝暦（一七一六―六四）頃の赤本が知られているが、『家忠日記』の最下限である寛文八年をとっても五十年程は前のことになり、やはり最古の記録といってよいだろう。

◉——赤本のサルカニ合戦

サルカニ合戦は江戸時代を通じて、さまざまな絵本が作られた。絵本以外でも双六、錦絵、おもちゃ絵、豆本など、子供を楽しませるものが次々と発行された。

ここでいう赤本とは、享保の頃、子供用に作られた本で、その名の通り赤一色の表紙で、左肩に絵題簽《えだいせん》を貼ったもの。普通の本よりも一まわり小さい中本（おおよそ縦一九センチ、横一三・五センチ）で、本紙はたった五枚、紙の中央を折り、小口《こぐち》の方を綴じた、いわゆる袋綴じになっている。見開きの中央には絵が描かれ、余白のところに本文が記される、絵中心の本である。

ここに取りあげる赤本「さるかに合戦」は現在一冊のみが伝存し、東洋文庫に蔵される。西村重長が描くところのこの本は、サルカニ合戦絵本の中ではもっとも標準的《スタンダード》な話を記している。焼き飯と柿の種の交換から始まり、猿が蟹に渋柿をぶつけて傷つけ、その見舞いに蛇、荒布《あらめ》（海藻）、卵、蜂、杵、臼が集まり仇討を遂げるというもの。前に見た『家忠日記』戯画とも共通して蛇がおり、助太刀の数が多いのも注目される。

これと同じジャンルのものに、大東急記念文庫蔵『猿蟹合戦』（原題不明）、中村幸彦氏蔵の『今様噺猿蟹合戦』、東京都立図書館蔵『猿は栄《さかえ》蟹は金』といった作品がある。

最初の『猿蟹合戦』は、猿が病気で医者から蟹味噌を塗るのがよいと言われ、倅《せがれ》猿平が蟹に青

赤本『さるかに合戦』（稀書複製会）

柿をぶつけて甲羅を破り、味噌を取って帰る。蟹は友達の立臼《たちうす》、包丁、海月《くらげ》に仇討を頼んで死ぬ。蟹の子供の蟹八は通りがかった猿平に鋏《はさみ》を振りかざしてとびかかったが勝てず、助太刀に加わった海月も骨を抜かれてしまう。蟹八はかなわじと西国の武文《たけぶん》蟹を頼って行く。逗留中に娘のお文と恋仲になる。猿の方も迎え討つ準備で見猿、聞か猿、言わ猿に助勢を頼む。猿と蟹の合戦になるが、またも蟹が負ける。今度は蟹八、計略を立て、いつわって猿に降参し我が家に招待する。猿がやって来るとお文が三味線を弾く。猿はお文に懸想し、二人がいろり端でたわむれるところ、炉中の卵が弾《は》ねて猿の急所に当り、猿が糠《ぬか》味噌桶に手を突っこむと包丁、まな箸がぐさりと刺す。そこへ熊蜂、蛇が加わり、逃げ出す猿に杵が頭を打つ。アラメにすべって倒れるところを立臼が落ちかかって押さえつけた。そこでついに蟹が仇を討つ。さらに蛸が現れ、猿に干蛸《ひだこ》にされた恨みで、焼いた牛蒡《ごぼう》を猿の尻に押しつけとどめを刺した。

「猿の生肝《いきぎも》」（あるいは「海月《くらげ》骨なし」）の後日談として構成され、女蟹のお文が三味線を弾いて猿を蕩《とら》かしたり、たくさんの助太刀が次から次へと登場して猿を傷めつけているなど、風変わりで面白い。新しい趣向を構えているのが見てとれる。

◉――娘の誘拐、化物の助太刀

『今様噺猿蟹合戦』は、道を行く蟹大夫が猿に襲われて死に、駕籠に乗っていた娘端白《つまじろ》が誘拐される。猿に言い寄られる端白はそれを寄せつけない。彼女は「父討ちし敵《かたき》は猿と白波の死すも重ねじ端白の姫」と、板に歌を書いて邸の外へ流す。仇討ちに来た蟹がこの板を拾い、猿の邸内へ切り込む。すると毬栗《いが》、鋏、挽《ひ》き臼の化物が助太刀に現れ、猿が退治される。化物は実は死んだ父蟹の妄念であったというもの。長い舌を出し、毛むくじゃらに描かれた化物の姿は異様であるが面白い。その題名の通り、「今様」（当世風）に脚色した作品である。

『猿は栄蟹は金』も一風変ったサルカニ合戦である。猿右衛門という猟師が、命を助けてくれた猿を殺し、毛皮を売って大金を得る。蟹蔵という男も谷川で蟹が持っていた小判を奪って豊かになる。ここに廻国修行の空海が登場し、その空海が与えた不思議な米一粒が原因で二人は猿と蟹にされる。そこで両者はサルカニ合戦を繰り広げるが、実は夢。猿右衛門は悪事あらわれて国司に捕まるが、空海の命乞いで救われ、殺された猿も空海の祈りによって成仏する。これを見た蟹蔵も蟹に金を返す。

本作ではサルカニ合戦は夢の中の出来事として描かれているものの、全体的には空海の行実が中心で、仏教的な教化《きょうげ》、教訓の色彩が漂う。鳥居清倍画。三巻十五丁で分量はやや多い。

◉——女の艶色、好色の猿

小さくて薄い赤本のサルカニ合戦もあれば、一方で念入りに仕上げた絵巻物のサルカニ合戦もある。久城春台《くじょうしゅんだい》という有名な医者が書いたとされる長巻の絵巻『猿ケ嶋敵討』がそれである。物語は、蟹が丹誠こめて育てた柿に実が成り、蟹に頼まれて樹上に登った猿は堅い実を蟹に投げつけて殺してしまう。蟹の一族が報復を相談し、計略で猿を討とうということになる。蟹たちは竜宮城の竜王に頼んで竜女を一人招き、彼女を小舟に乗せて猿ケ島へ送り込む。猿の大将は当方を油断させようとする蟹の謀《はかりごと》だと警戒して、彼女を厳重に監視させるが、そのうち彼女の詠んだ詩歌のすぐれているのを知って、互いに応酬を交わすうち、次第に警戒もゆるんで来る。蟹はその油断を見すかして攻め入る。竜王は助太刀として家来を遣わすのも仰々しい、台所の道具で間に合うだろうと、まな板、まな箸、包丁を遣わす。蟹はこれらの助力を得て仇を討った、というもの。

女性を用いて猿を油断させるという所は、前出の赤本『猿蟹合戦』のお文と似た部分があるが、竜宮城の竜女というのが珍しい。猿の大将は漢詩を詠む教養は持ち合わせているものの、猿は猿、女の色気に気持をゆるませているのは、読者への教訓を意図しているのだろう。また、助太刀が通常の鶏卵、蜂、臼などではなく、まな板や包丁など台所道具のみというのも本書の特徴で、し

絵巻『猿ヶ嶋敵討』

かも助太刀が順次、波状攻撃をしかけるのでもなく、蟹と一緒に猿の部屋へ切り込むという、実に素《そ》っ気ない合戦風景になっている（口絵参照）。

作者とされる久城春台は尾張愛智郡出身の人。寛永十七年（一六四〇）生まれ。出雲の松江藩主松平直政の侍医を勤め、詩歌・文章にすぐれた。正徳五年（一七一五）没。この絵巻には「春台先生自作自画」と書き込みがあって、それを信じれば、赤本の作品よりも古くなる。絵巻には彩色された絵が八面あるが、非常に細密で巧みに描かれており、専門の絵師によるもののようであり、自作自画は直ぐには信じられない。正徳五年よりは少し時期が下がるのではないかと思われる。

◉──おふざけとギャグの頂点

『猿蟹遠昔噺《さるにかにとおいむかしばなし》』、奇抜なアイデアで庶民の文学の寵児であった恋川《こいかわ》春町《はるまち》の戯作。天明三年（一七八三）刊。黄表紙十丁。

竜宮の乙姫と別れて故郷へ帰る途中の浦島太郎、別れの酒宴のドンチャン騒ぎの中で、乙姫から味噌塩の入った玉あけ箱をもらう。故郷壇の浦へ戻ってみると、時しも源平の争いの最中。敗れた平家が蟹となり、海底を突き抜いて竜宮へ落ちると、これにびっくりして乙姫は生き肝《ぎも》を落っことす。蟹がこの肝を拾い、四国猿が持っていた柿の種と取り替える。猿は早速にこの肝を食して「青くさくうさんくさいものだ」と言う。この猿に乙姫の身ぶりが移り踊りを踊るようになる。これを見た海月《くらげ》、一緒に組んで金儲けすることをもちかける。肝を失った乙姫の方は正気がなくなり呆《ほう》けたので、父の竜王は教経《のりつね》蟹に生き肝を取り戻すように命じる。

合戦中の故郷で味噌塩も使い果たした浦島が竜宮へ戻る途中、海月の使う猿の芸を見ていると、乙姫の精が移った猿が抱きついて来て難儀する。人違いだからと諌《いさ》める海月を、猿が怒って海月の骨を抜く。猿から逃げる浦島は桜煮山うで蛸寺の鐘供養の場に来て、釣り鐘の中に隠れるところ、猿も追っかけて来る。妙な恰好の猿に目をとめ、その後を追って来た蟹が、猿の尻尾《しっぽ》を切り落とすと、切り口から姫の生き肝がころがり落ちる。乙姫は生き肝を取り戻して本復、竜王が喜んで安徳天皇を八代目の竜王（八大竜王）とし、教経蟹を執権に、猿を疱瘡《ほうそう》前の安徳天皇の守り役に任じた。浦島と乙姫は夫婦となり竜宮の出店を出して繁昌する。

本作は角書《つのがき》に「浦島が帰郷八島の入水」とあるように、浦島太郎、猿の生き肝、猿蟹合戦、道成寺の話をないまぜにし、乙姫の生き肝をめぐっての大騒ぎを描いている。登場人物の駄洒落《だじゃれ》に満ちた軽妙なセリフ、魚名づくしのもじり経文、猿の「娘道成寺」の所作事、さらには出版元の宣伝などを織りまぜ、破天荒な筋を展開している。江戸庶民の品はよくないが威勢のよい言葉遣いも写されていて、その会話が面白い。サルカニ合戦の話は、蟹が乙姫の生き肝を拾い、猿の柿の種と交換する所や、蟹が鋏で猿の尻尾を切り落とす所にその片鱗が見出せるが、濃厚とはいえない。

◉——日本一の黍団子

江戸時代のサルカニ合戦の中には、助太刀の面々に日本一の黍団子《きびだんご》を与えるというものがある。その一つ『猿蟹物語』（六々園春足、文政十二年序、一八二九）を紹介しよう。

焼き飯と柿の種を交換し、蟹が柿を育てる。実が成ると猿が木に登り、赤い実を食べ、青くて堅い実を蟹にぶつけて死なせる。この蟹の腹から小さい子が這い出て穴に籠もった。年月を経てこの蟹は自ら黍団子を作って腰につけ、仇討ちに出かける。途中で栗が「どこへ行く」と尋ね、さらに「御腰につけたものは何」と問う。蟹は黍団子を与えて供とするが、続いて蜂、牛の糞、杵、臼が現れ、同様に黍団子を与えて家来とする。猿の住む庵に至って、それぞれ持ち場を決めて猿を待つ。地火炉《ちかろ》（囲炉裏《いろり》）で栗が跳ねてふぐりを焼き、糂太瓶《じんだがめ》の蜂が腕を刺し、逃げ出す所を牛の糞が滑らせ、長押《なげし》の上の杵、屋根の上の臼が落ちかかる。そこに縁の下から蟹が現れ、鋏《はさみ》で猿の身体を切りきざむ。「父母の仇にはともに天を不戴《いただかず》といふこと、かかるものまでもしりたるにこそ」と結んでいる。

日本一の黍団子といえば、桃太郎が犬、猿、雉子《きじ》に与えたものであるが、サルカニ合戦でも相手は違っていても、全く同じ物と目的で用いられており、桃太郎の話から取り込まれた趣向のようにも見える。しかし既に江戸時代、このような型のサルカニ合戦が幾種か作られており、ただちに桃太郎話からの一方的な取り込みとも考えにくい。

熊阪台州の漢文体『含錫紀事《がんとうきじ》』（寛政四年、一七九二）では、蟹は死んでいないが恨み骨髄にとおり、黍団子を持って仇討ちに出かけ、鍼《はり》、鶏卵、糞、棒、杵、臼に黍団子を与えて味方とし、無事仇討ちを遂げている。また文久（一八六一〜六三）年間の子供絵本『敵討猿ケ島』は、柿の実をぶつけられて親蟹が死に、その体内から一人の子供が現れ出る。長命右衛門夫婦がこれを育てるが、十五歳のとき、夫婦から黍団子を作ってもらい仇討ちに出かける。栗や臼に黍団子を与えて供とし、猿が島に攻め込んで猿を退治するというもの。ただしこの本は中本五丁の冊子であるためか記述が簡略で、波状攻撃をかける描写はない。

これらの黍団子型サルカニ合戦は、黍団子を与えて栗、蜂、粘土（糞）、臼などを味方とし、仇討ちを成就するという内容の昔話（「馬子の仇討」「爺と猿」「雀の仇討」）などを踏まえて作られたものであろう。

◉——文豪馬琴のサルカニ合戦

『南総里見八犬伝』の著者である曲亭（滝沢）馬琴は江戸時代後期を代表する作家である。『南総里見八犬伝』は、中国の『水滸伝』を翻案しながら、不思議な運命の糸で結ばれた八人の勇士たちが、さまざまな苦難と戦いの中で里見家再興をめざすという波瀾万丈の物語である。九輯五十三巻に及ぶ大長編で、江戸読本の最高峰をなすものである。この大作家馬琴も実はサルカニ合戦に深い関心を寄せていた。

『増補獼猴蟹合戦《さるかに》』。寛政十年（一七九八）刊。この本は普通のサルカニ合戦の話を述べながら、節目節目で「評に曰《いはく》」として和漢の故事を引き、サルカニ合戦の中から教訓を読み取ろうとしている。蟹の成木責《なりきぜ》めによって柿の木が大きく育つという部分では、舜の妃となった女皇・女英の姉妹が、夫の死を嘆いたとき、涙が竹にかかって竹が紅に染まった話（列女伝）や、杵や臼が蟹の助太刀をした部分では、公孫杵臼《しょきゅう》という人の名を挙げ、主人の遺児を守るために、他人の嬰児を擁してともに殺された忠義の話（史記）を引いている。本書の序文によれば恋川春町などの黄表紙作品が子供たちによくない影響を与えているので、それを糺《ただ》すつもりで執筆したと言っているが、勧善懲悪思想を標榜した馬琴ならではの試みといえるだろう。

さらに馬琴は、さまざまな事物について考証した『燕石雑志』（文化八年、一八一一）を著わし、多くの漢籍を引いて該博な知識を披瀝したが、ここでもサルカニ合戦についていろいろ考えている。馬琴がサルカニを始め、昔話に関心を寄せたのは、単なる趣味というよりも自らの小説の素材として活用する意図があったものと思われる。その結実として『童蒙話赤本事始《わらべばなしあかほんじし》』（文政七年、一八二四）という作品が書かれた。

下総国の正直正六・すなほ夫婦は一子卯佐吉と川辺で拾った阿狗《おいぬ》という少女を養育している。また芦辺蟹次郎は、洪水の中で木伝猿九郎が持っていた盗品、柿実形《かきざね》の硯と握り飯とを交換する。また近くに慳貪慳兵衛・まが田夫婦が住み、その子たぬ吉とともにさまざまな悪事をなす。たぬ吉は阿狗に懸想して闇夜に迫り、怒りにまかせて阿狗を刺殺してしまう。またたぬ吉は正直夫婦の所に盗みに入ってとらわれ、梁《はり》から吊《つ》るされるが、すなほを欺して縄を解かれると杵で打ち殺してしまう。慳貪夫婦、たぬ吉と猿九郎は結託し、福富長者を監禁し、その娘雀姫と猿九郎の結婚を迫るが、葛籠《つづら》の取り違えによって雀姫は救出される。もう一方の葛籠の中にいたのは死んだはずの阿狗、実は彼女が日頃信仰する観音の身代わりで生きていたのであった。阿狗の話を聞いて慳貪夫婦は阿狗が実は、夫婦の子、たぬ吉の妹とわかり、改心する。悪事を重ねるたぬ吉は土舟の上で卯佐吉と争い、取り押さえられ、猿九郎も蟹次郎たちの活躍でとらえられるが福富長者の恩情で甲斐の山里へ追放される。卯佐吉と雀姫、蟹次郎は阿狗と結ばれるという物語。

登場人物の名前からも想像される通り、花咲爺、サルカニ合戦、舌切雀の昔話をないまぜ、当世風の人間世界に置きかえて、物語化したものである。善人と悪人を典型的に描き、最後は悪人が悔い改め、あるいは処断されるという勧善懲悪の構想が明瞭である。殺しや誘拐、盗み、策謀が描かれる一方で、善意や正直、慈悲などが強調されている。歌舞伎の場面を見るように、恋あり戦いありで面白いが、観音の力で蘇生したり、敵どうし実は兄妹であった、とするような結末はどうも安易な感じが拭えない。時代の限界というべきであろうか。なお、本作には蟹の仇討ち場面に相当する記述がない。馬琴は「蟹次郎が謀事をもて猿九郎搦《から》め取る一段を略したり、せつかく案じた筋なれども、丁数限りあれば詮方なし。見る人これを察し給へ」と弁解している。

●――『蟹猿奇談』

　こうして江戸時代のサルカニ合戦を通観してくると、単純で子供っぽいサルカニ合戦であっても実に多様な展開を遂げていることが見てとれる。サルカニ合戦の話が、新しい物語の下敷になり、また他の話とないまぜに利用されながら、同時にサルカニも新しい意味を付加されて行く。江戸時代、既にサルカニがどんなに広く人々に受け入れられたかが分かる。

　次に、本題の『蟹猿奇談《かいえんきだん》』を簡単に紹介しておく。この作品の作者は栗杖亭鬼卯《りつじょうていきらん》、大須賀周蔵という人が書いた読本である。鬼卯は豊橋の地に十余年過ごした。晩年は駿河の日坂（静岡県掛川市）に住んで著述をなしたが、著わした読本は二十一部。この『蟹猿奇談』は文化四年（一八〇七）、作者六十歳の著述で、読本の処女作であった。

この『蟹猿奇談』は桃太郎の話とサルカニ合戦を組みあわせ、御家横領のたくらみと悪党の横恋慕をテーマとし、勧善懲悪の結末を描いた作品である。十七年後に書かれる馬琴の『童蒙話赤本事始』の世界とよく似ていることが指摘できよう。この作品もまた恋あり戦いありの戯作的世界で、波瀾と変化に富む筋立ては、江戸時代の情緒を十分に味わわせてくれる。

物語の冒頭は田村丸の阿黒王《あぐろおう》退治を語っているが、これは中世に広く流布した坂上田村丸《さかのうえのたむらまろ》に関する伝説の一部で、鈴鹿山の鬼退治の話は謡曲「田村」や御伽草子の『田村の草子』（『鈴鹿の草子』）に記されている。これらの物語の中で鈴鹿御前《すずかごぜん》が田村丸に協力するのであるが、自らの夫を裏切る形になっているところが特徴的である。

また、青砥藤綱《あおとふじつな》が鎌倉幕府の執政として登場している。この人物は鎌倉時代後期、裁決にあたって清廉潔白の人として伝えられている。得宗《とくそう》領の裁判で、得宗の威に恐れることなく得宗の敗訴を決めたことや、川に落ちた小銭を松明《たいまつ》をつけて家来に探させ、銭貨の天下に流通することの利を説いた話など、賢臣として名高い（『太平記』巻三十五）が、その実在は確認されていない。馬琴の読本『青砥藤綱模稜案《もりょうあん》』（文化九年、一八一二）という裁判をテーマにした作品にも主人公となっている。

◉──民話にみるサルカニ合戦

関敬吾氏の『日本昔話大成』による話型分類では、猿と蟹の争いを主とするものを（二〇）猿蟹餅競争から（二九）雀の仇討にいたる十一種に分類している。主要なもの四つを紹介しておく。

(1)猿蟹餅競争　猿と蟹が餅を搗《つ》く。餅を臼に入れたまま山から転がし、早く追いついた者が食うことにする。猿は臼を追うが、途中餅が落ち、蟹が得る。

(2)猿と蟹の寄合田　猿と蟹が共同で田を作る。猿は働かない。猿は収穫物を多くとる。蟹が抗議し、柿をぶつけられて死ぬ。子蟹が仇をとる。

(3)蟹の仇討　猿の柿の種と蟹の握り飯を交換する。蟹は柿を育てるが猿に実をぶつけられて死ぬ。子蟹が栗、針、糞、臼などの助力で仇を討つ。

(4)爺と猿　爺が猿に青柿をぶつけられて死ぬ。息子が団子をもって仇討ちに行く。栗、蜂、牛糞、臼が団子をもらって助太刀し、仇を討つ。

絵本化されたサルカニ合戦も多様であったが、民話の世界におけるサルカニ合戦もいろんな種類のものがあった。

二　『蟹猿奇談』のものがたり　発端

◉――発端。阿黒王退治

桓武天皇の御代の延暦十八年（七九九）四月、伊勢国鈴鹿山に鬼神が住み、公の財物を奪い、美女をかどわかすような悪業が日々重なって、天皇の御耳にも達し、天皇の命令で坂上田村丸の軍勢が四月二十三日京都を出発、伊勢に向かった。この鬼神とは、阿黒王という強盗で、よく風を起こし雨を呼ぶ不思議な術を使い、さらに家来に猿・蟹・猪がいた。猿は山公といい、蟹は横行、猪を鼻強《びごう》と称し、世間では「鈴鹿の三功《さんこう》」といって落雷のようにこれを怖《おそ》れた。加えて隠れ笠・隠れ蓑《みの》・宝の小槌の三つの宝を持っていて、この笠をかぶって姿を隠せば、他人の財宝を奪うこと、いとも容易で、袋の中のものを取るよりも楽であった。

阿黒王には愛人、立烏帽子《たてえぼし》という美女がおり、彼女は心ざま賢く、阿黒王にかわって部下を指図するとき、男も及ばないほどであった。その上、猿は木々を飛び翔《かけ》り、猪は塀・石垣を突き破り、蟹は水を呼ぶ術が使えたので、竜に翼を生《は》やした勢いであり、たやすく退治できようもなく、田村丸の軍はただ鈴鹿川を隔てて陣をとるばかりであった。その中で勇気ある若者たちが川を越えて攻めかかると、瞬時に霧が立ちこめ一寸先も見えなくなり、そこへ三功が縦横無尽に切り掛かったので、あわてて陣所へ逃げ帰ったのであった。

将軍田村丸、このままではいつ敵を退治できようかと心痛したが、その昔、紀友雄が鬼の千方《ちかた》を退治したときの故事にならい、

草も木も我が大君の国なればいづくか鬼のすみかなるべき

の和歌を矢文《やぶみ》に記して、城中へ射込んだ。この和歌は、賊といえども皇恩に浴する以上､天皇の命令に背いてはならないという意味のものであった。城中では立烏帽子がこの和歌を見、涙を流し、天地開闢《かいびゃく》以来朝敵となっていつまで生き永らえることができようか、夢のように短い生涯に、帝《みかど》に背きその御心を悩ませる罪深さよ。夫の阿黒王を殺して自分も自害し、国恩に報じようと決心し、阿黒王を倒す手だてを記して、矢文を射返した。

田村丸はこの文を見て大いに喜び、翌日、いかにも城を攻めかねたふうに軍をまとめ、都へ帰るように装った。何も知らない阿黒王は、「我が術に恐れて田村丸が逃げ帰るは」と喜び、櫓《やぐら》の上に登って立烏帽子に酌をとらせ、幾度も酒盃を傾けた。そのとき四方の霧が晴れ青空が現れた。田村丸、この時と思い、心に清水寺の観音を念じ、弓に矢をつがえてひょうと放っ

た。誤たず矢は阿黒王の胸に深くささり、彼は櫓からまっさかさまに落ちた。が、傍らの立烏帽子、彼女も懐剣を口にくわえて櫓より飛び落ち、ともに生命を断った。これを見て城中大騒ぎになるところを、田村丸の軍勢が無二無三に大手門に攻めかかり、阿黒王の手下たちを掃蕩《そうとう》した。この時猿は三つの宝を奪いとり梢を伝って、三河国石巻山へと逃げた。猪もまたあまたの軍勢を踏み散らして富士の裾野に逃げ、蟹は鈴鹿川の下流の洞穴に身をひそめた。

こうして田村丸は賊徒を平らげ、阿黒王の首を取って都へ凱旋《がいせん》した。田村丸は今回の勝利は立烏帽子の忠義の心によるものと感謝し、立烏帽子明神と崇め、*田村神社の末社に祭った。

◉——三妖の運命

星霜移り建久四年(一一九三)、将軍頼朝は富士の裾野で巻狩を行った。ここに隠れ住んでいた猪も追い出され、愛甲三郎の矢に射られたが、神通の猪、その矢をはね返した。しかし翌日、今度は勇猛絶倫の仁田《にった》四郎忠常に組まれて、ついにその命を落とした。この猪がかつて鈴鹿に住んでいた猪の鼻という所は、今もその名が残っている。

このことを聞いた蟹は心細く思い、石巻山にいる猿に、鈴鹿へ戻るよう伝えると、猿の方もな

＊田村神社　滋賀県甲賀郡土山町に鎮座。祭神は『東海道名所図会』に中央、田村麿、西方、鈴鹿御前と載せる。二月の厄除祭には「蟹ヶ坂飴《あめ》」が売られる。

つかしく思ったのであろうか、妻子を石巻山に残して鈴鹿山へやって来た。猿が以前住んでいた猿が欠《かけ》という所にもどり、さらに数百年が過ぎ去った。蟹は鈴鹿山中の蟹ケ坂という所に住んでいたが、前非を悔い、改心して人を助け山を開き、柿を多く植えて生業《なりわい》としていた。猿は鈴鹿へ来ても悪心ひるがえさず、好色で人の娘を奪い取り、街へ出ては妖術を使って財物を盗んだので、蟹は「我らが首領《かしら》阿黒王は風雨を呼ぶ術を用いてさえ、終に田村丸に討ち取られた。君が妖術のみならず悪行を続けるならば必ず退治されよう。今日より改心したらどうか」と諫めたが、猿は不愉快そうにその座を立ち、以後蟹に逢おうともしなかった。

　蟹はこの忠告をいつしか忘れ、柿の実が熟したので猿に取ってくれるよう頼んだところ、猿の思うようは、蟹は自分の悪行を非難した以上、後には公《おおやけ》にも訴え出るに違いない。昔の悪事を知っている者は蟹一人のみ。蟹が生きている限り安心できない。こう思った猿は思案をめぐらし、夜のうちに柿の木の上へ磐石を運び上げ、翌日、素知らぬ顔で柿の木に登り、多くの実を食い散らし、木の下から蟹が催促すると、猿は梢から磐石を投げ落とした。かわいそうに蟹の甲羅は微塵に砕け、蟹はそのまま絶命した。猿は梢をかけ降りるとはるばる石巻山へ帰り、名を黒衣郎山公《こくえろうさんこう》と改めて、いよいよ悪行を重ねたのであった。

◉――青砥百太郎のこと

建長二年（一二五〇）、時の執柄《しっぺい》北条相模守時頼は、民を理解し賢臣・諫臣を重用したので、世間は大いに治った。青砥左衛門藤綱も民間より召されて鎌倉の政事に携わり、治政に努めたので天下大いに鼓腹《こふく》したことであった。この藤綱に一子あり生まれたとき桃の核《さね》を握っていたので桃太郎といったが、時頼公がこれを聞いて百《もも》太郎吉綱と改めさせた。今年十六歳。父のように政道に携わるのは武士の本意ではない、自分は剣術・軍学をもって天下に名を挙げようと、幼年の時から修行を続けて聡明英知ならぶ者がなかった。父に許しを得て武者修行に出発するその姿は、あっぱれ美少年の若衆、これを見る女性は魂を天外に飛ばせてしまうばかりであった。

百太郎は鶴ケ岡八幡宮に詣でて鬮《くじ》を取り、東国へ行くべきとの神託を得た。武蔵野では野飼いの牛が角突きあって争っていた。面白い見ものと思って見ていると、十三、四の少年が現れ、二匹の牛の角を両手につかむと、事もなげに左右にこれを引き分けた。百太郎はその怪力にびっくりし、その名を尋ねると少年はこの近くに住いする岩月為右衛門という浪人の子で雉子《きじ》之助と答

えた。剣術に興味があると聞き、試しに手合わせすると、雉子之助が激しく切り込んでくる。百太郎がひらりとかわすと、さらに力を込めて百太郎の太刀を打つ。百太郎の太刀が虚空に舞い上がり、百太郎あわや打たれんとするところ、百太郎は雉子之助の懐に飛び入り、二、三間投げつけて太刀を奪い、その首を押さえた。百太郎の早業、まるで御曹子（牛若丸）のようだと傍らで見ていた雉子之助の父も驚いた。

雉子之助の家に一ヶ月余り逗留するうち雉子之助の腕前、日に日に上達し、二人は兄弟のように親しんだ。翌建長五年、時頼が建長寺を建立、入仏の供養には諸国の参詣人が集まると聞いて、百太郎も故郷のことでもあり、雉子之助を連れて鎌倉に帰ることにした。

◉——百太郎、豊姫を見染める

建長五年三月十七日の鎌倉建長寺の入仏供養には勅使も立てられるとのことで、遠くからも参詣人がやって来る。その中に、三河国豊川（今の吉田なり）の城主安久見《あくみ》飛騨守公輔《きみすけ》の妹で、豊姫という美しい女性もいた。沈魚落雁嘯月開花のよそおい、一度彼女を見たものは魂をうばわれて悶死するばかりである。歳十六、糸竹の道、大和歌の道に秀れ、嫁入話も多く

持ち込まれるが、本人は仏法を信仰して嫁ぐ気持なく、兄の公輔も、なき両親の姫の意のままにとの遺言に従って強くは勧めない。建長寺入仏供養とともに江の島弁才天への参詣を思い立ち、兄も部屋にこもって写経しているよりもと思い、快く外出を許し、御供に浜名卯《う》兵衛・赤岩軍蔵両人を付けた。この浜名卯兵衛は徳実温和な人物で四十三歳。卯之松という一子がおり、母が兎を呑《の》むと夢みて懐妊した子であった。一方の赤岩軍蔵、これは奸佞《かんねい》邪悪の男で色欲第一、以前から豊姫に執心をもち、今回は絶好の機会と悦んでいた。

　姫君は侍女あまた召し連れ、駕籠に乗り、鎌倉雪の下という所に旅宿して、参詣の日を待った。いよいよ供養の当日、勅使久我大納言が寺に入るときには、多くの参詣人が立錐の余地なくひしめき、おごそかな様子この上もなかった。鎌倉在の大小名、一世の晴の時と各自桟敷《さじき》を連ね、衣裳の美を尽くしたが、青砥藤綱は当時第一の大名ではあっても華飾を嫌い、平服のまま妻や百太郎をともなって、寺の縁側に参詣したのみであった。ところがその隣に思いがけない高貴な女性が座を占めている。百太郎この女性を見て、月の常娥《じょうが》が天下ったか、竜宮の乙姫が来たものか、とすっかり心奪われてしまった。母もこれが百太郎の嫁とならば、と言う。

姫も百太郎を若前髪の美少年、在原業平《ありわらのなりひら》を武士姿にしたような美しさと思い、信心の仏も目に入らず、百太郎をのみ注視している。百太郎は雉子之助に命じて姫君の素姓を尋ねさせると、雉子之助は門外に出て姫君の下部《しもべ》から、三河国渥美郡豊川の城主、安久見飛騨守の御妹で豊姫、美人ゆえ諸所より婚姻を望まれるけれども、仏道を尊び、いまだ蕾《つぼみ》のまま、と聞く。

供養が果てると人々は散り散りに帰ってゆき、姫君と別れた百太郎は帰宅してもその面影が忘れられず、父藤綱に心中をうち明ける。藤綱は打ち笑って、美人は傾国の端緒、女は外形よりも心が大事と忠告する。百太郎も楊貴妃の例を思って納得しようとするが、面影眼前を離れず、とうとう雉子之助に雪の下に旅宿する彼女の動静を探りに行かせる。今日江の島参詣、明日帰国という予定、百太郎はこれが今生《こんじょう》の見おさめと、江の島に急いだ。

◉——百太郎、豊姫の危難を救う

うららかな春の日、江の島では豊姫が浜辺を蓮歩していた。警護役の一人浜名卯兵衛は、姫君帰国の手続きのため鎌倉に残り、赤岩軍蔵が姫の供をした。江の島では弁才天参詣を済ませたあと、茶店に入って弁厨《べんとう》を取ったが、やがて侍女たちは姫の許しを得て浜辺に出て貝を拾っていた。残ったのは姫君と軍蔵。軍蔵は姫君のそばに寄り、日頃の恋をかきくどき、かねてしたため置いた恋文を姫の袂《たもと》に入れた。

姫は大いに怒り、「君臣の礼もわきまえぬ不忠者、このこと卯兵衛に告げるところであるが、今回は許す。重ねてこのような不埒《ふらち》あらば、兄飛騨守にも告げようぞ」と叱ったが、軍蔵からからと笑い、「もとより死は覚悟の上、姫も道づれ。一度枕を交わすまで、たとえ山奥へともなっても、この存念をはらしたく。声をあげたら生かしておかぬ」と、氷の刃《やいば》を姫の胸もとに突きつけた。姫君あまりの悲しさに声も立てられず、軍蔵したり顔で姫を引き寄せ、まさに姦淫に及ぼうとしたその時、隣の襖《ふすま》がさらりと開き、三人の若侍が現れて刀を抜き、軍蔵に峰打ちを食らわせた。

一人の若侍が仲間の二人に目くばせすると、二人は姫君の手を取っていづくともなく姿を消した。残る男は軍蔵を引き伏せ、「主人の姫に不義を言いかけ、尾籠の振舞、腰骨覚えよ」とまた打ちすえた。そこへ卯兵衛や腰元《こしもと》たちがやって来て、この有様に仰天し、卯兵衛はその男に事情を尋ねると、「我々は鎌倉の侍、隣座敷で酒を飲んでいると、こやつが主人の娘に不義を働き、無理に姦淫しようとしたので、仲間に姫をあずけ、自分はこやつの罪をただしているところだ」と言う。卯兵衛は我が姓名を名乗り、侍に謝意を述べ、「さて主人は何国《いづく》におわしけるぞ」と尋ねると、「蝦蟇石《がまいし》の辺にいるはず。尋ね給へ」と答えたものの、かかわり合いになるのを嫌ってそそくさと帰っていった。

卯兵衛、軍蔵に「人面獣心とはお前の事、三代相恩の主人に不義を言いかけ、あまつさえ姦淫しようとした事、言語道断。勘当だ、早々立ち去れ」と怒ると、軍蔵は起き上がりざま、卯兵衛

めがけて切りつけた。卯兵衛、この一閃《せん》を避け、自分も刀を抜いて、しばしの切り合い、やがて軍蔵の刀を払い落とした。「命《いのち》冥加な、くそたわけめ」と軍蔵の首筋をつかんで桟《かけづくり》の部屋から崖下へ投げ捨てた。軍蔵は鼠のように頭を抱えて逃げて行った。

卯兵衛はこのあと蝦蟇石に馳せつける。が、姫君の姿はない。腰元たちと一緒になって探すうち、卯兵衛は一人児《ちご》が淵《ふち》の方へ赴く。

放下一頭却説《それはさておき》、江の島へ向かう百太郎、姫を探して泣き叫ぶ腰元から姫君の行方不明を聞き、その探索に加わるが、児が淵の洞穴から女の叫ぶ声が聞こえてきた。中に入ってみると侍三人が姫を後手に縛り上げ、口に轡《くつわ》をはめようとするところであった。百太郎はやにわに三人の侍を投げ飛ばし、姫の縛《いましめ》を解くと、姫は悦びの心を込めて「あなたは昨日建長寺でお見かけした方ではありませんか。どうしてここへ」と言う。そこへ卯兵衛たちがやって来た。姫の安泰を喜ぶ彼らに、百太郎は姫の救出をせかせる。姫君はせめてその名前だけでも問いたいと思いながら、さすがに恥ずかしく、とうとう卯兵衛たちに引き立てられるようにして帰っていった。

百太郎が三人の侍を引き起こしてみると、二階堂、長崎、大仏《おさらぎ》という幕府お歴々の家来たち、三人は百太郎に対して大いに怒り、仕返しを口にする。父の藤綱はこの話を聞くと、事の理非はどうあれ鎌倉にいては危険と思い、路用銀を渡して百太郎を鎌倉から退去させた。

◉——豊姫再度の危難。卯兵衛横死

江の島から逃げ出した赤岩軍蔵、三河へ戻って考えるに、姫君への不義の一件現れれば死刑になるだろう。この近くの博奕《ばくち》仲間の野武士を誘い待ち伏せして、卯兵衛を殺し姫を奪い取ろう。そこで野武士の首領、塩見兵藤太を頼むと言下に了承し、手下の者に触れを回した。四、五十人が集まり、こりゃ面白いとばかり固唾《かたづ》を呑《の》んで待ち伏せた。

かくとも知らず浜名卯兵衛、姫君を護衛して六日め、黄昏《たそがれ》の浜名の宿に着いた。ここから豊川までは三里ほど、一刻も早く帰城しようと駕籠を早めて白菅《しらすが》、二川の山中を通りかかった。そこへ四、五十人の盗賊が一せいに切りかかる。卯兵衛大いに驚き、姫君の駕籠の前に立ち塞がり、「何者か。これは安久見飛騨守殿の姫君なるぞ。ここは安久見殿の御領地、尾籠の振舞はせぬものぞ。察するところ盗賊か、そこを立ち去れ」と怒ると、赤岩軍蔵からからと笑い、「汝《なんじ》、我れを見忘れたか、日頃の遺恨に覚えがあろう」となお切りかかる。赤岩が仕業とわかって早く駕籠を城に入れようと急ぐところに、塩見兵藤太現れて三尺二寸の野太刀を振りまわすと、さすがに人々堪え切れず散り散りとなる。腰元たちも狼狽《うろたえ》廻り、木の根につまづき、谷底に転げ落ち、泣き叫

ぶ声、まるで地獄の阿鼻叫喚《あびきょうかん》の様である。

兵藤太は姫君を駕籠から出すと小脇に抱え込み、軍蔵と卯兵衛が戦っている現場へ立戻る。見れば軍蔵受け太刀で危い。兵藤太は卯兵衛に走りかかると肩先を切りつけた。卯兵衛「何者か」と振り返るところを軍蔵、耳の元から頤《おとがい》かけて切り込んだ。強気の卯兵衛もどうと倒れる。軍蔵すかさず留めを刺す。

兵藤太、姫を傍らに置くと姫は気絶して呼吸《いき》もない。軍蔵これを見て「多くの苦労もこの姫ゆえ。死んでは甲斐もない」と谷川の水を口に含ませ顔に注ぐとようやく正気づいた。一方、安久見の城では連絡を受け、田原源吾時郷《ときさと》という万夫不当の勇士、宙を飛んで駆けつけ、野武士四、五十人が姫を駕籠に乗せて塩見坂を行くところに、大太刀振り上げて飛びこみ七、八人を切り倒す。兵藤太怒って「憎き奴、引導《いんどう》を渡してやろう」と野太刀を抜く。軍蔵、二人が向かい合う際に「姫を連れて行け」と下知すると、源吾これを聞きつけ駕籠に取りつき、姫を乗せたまま棒の片方を担い、片手で敵を討ち払う有様は荒ぶる阿修羅王のようである。軍蔵が姫を奪おうと近寄るところを谷底へ蹴落とし、寄り来る野武士を薙《な》ぎ倒す勢い、兵藤太も恐れをなして逃げ出すと、手下もいっせいに逃げ散った。

源吾は駕籠を一人で担《かつ》いで豊城に帰ったのは樊噲《はんかい》にも劣らぬことと人々驚嘆し、

その活躍の場所を源吾坂といって、白菅と二川の間にその功《いさお》の名残がある。浜名卯之松、十四歳、父が死んだと聞いておっとり刀で駆けつけたが、卯兵衛すでに事切れていて、卯之松は、仇は赤岩軍蔵と聞き、「天を翔《かけ》り地を潜《くぐ》りても尋ね出し、必ず本望を遂げん」と拳を握り涙にくれた。谷底に落ちた軍蔵、息を吹き返して這い上がってくるところ、父の死骸を抱く卯之松と目が合い、卯之松死骸を放り出し切ってかかったが軍蔵、びっくりして再び谷底へ転げ落ち、行方知らず夜中に消え去った。

◉——百太郎、柏原犬若を家来とする

鎌倉を立ち退いた百太郎は、姫の面影を求めて西の方へ赴き、三島明神を拝し沼津を過ぎて千本松原を歩いていた。路上で子供たちが旅人に宙返りなどの芸をして金銭をもらっている。その中に十三、四歳の少年、目すすどく凡人《ただびと》ならぬを発見し、宙返りをしながら蝶や蜻蛉《とんぼう》を捕ること、実に飛鳥よりも軽やかである。百太郎は驚いて、銭を与え名を問うと、柏原村の百姓次郎七の倅《せがれ》で犬若、十三歳という。父すでに亡く、母も腰たたず、貧しい生活のために往来に出て、このような大人げなき業をして母を養っているといって泣く。百太郎はこの子をもらい受けるべく、その家を訪れ

ると実に侘しい小家。五十ばかりの女が現れ、百太郎の来訪に驚くが、この犬若は沼津東光寺の薬師にお参りして授かったもの、犬大将を賜《たまわ》ると夢に見たので犬若と名付けたと話をする。

百太郎は庄屋を呼び出し、黄金十枚を与えて、老母の養育を依頼し、犬若をもらい受け、上方指して旅行くのであった。

三　『蟹猿奇談』のものがたり　遍歴

現在の大岩観音堂

◉──大岩観音堂の妖怪と鏡岩

三河国二川《ふたがわ》のはずれに大岩観音堂があった。開基は知れず、近頃は妖怪が住んで往来の人を悩ますという噂があり、夜になると此辺を通る者はいなかった。百太郎はこういう事情とも知らず、なつかしい豊城も松の向こうに見えるので、明くれば安久見へ至りしばらく逗留して姫君の安否をも聞きたいと思い、主従三人、黄昏《たそがれ》の二川宿を急ぐと、里人がこれを押し止め、「近頃妖怪が住んで怪異をなし、生きて帰った者がない。無理にもこの宿に一夜を明かし、明日豊城へ向かいなさい」と忠告した。しかし百太郎たちは「妖怪の実否《じっぷ》を確かめるのも修行」と考え、観音堂の場所を聞くと「この里のはずれから二、三里左へ入った所。山の中腹に破れ堂がある」との答え。百太郎が今夜はそこに泊まろうと、村人の強い制止をふり切って出発した。

大岩観音堂は久しく無人で、軒は朽ち梁《うつばり》は落ちて月光まばらにさし込み、物凄《すご》い有様である。百太郎一行、早速あたりの木の葉かき集め、崩れた囲炉裏《いろり》に火を起こし、昼食の残りの乾飯《かれいい》を食

べていると、「客が来た、皆出て来い」という声がして、七尺ばかりの大女、子供を五、六人ともなって現れ、囲炉裏に布袋《ほてい》様のように坐った。大木のような手で火ぜせりしている女の顔は恐ろしく、さすがの三人もぎょっとして見守るところ、五、六人の子供たちが「食物くれよ」としなだれかかるとき、雉子之助抜き打ちに切り付けたが、不思議なことに刀がポッキと折れてしまった。雉子之助今度はむずと取っ組むに磐石のように動かない。百太郎らが三人組んで一人の子供を倒すと次にまた取りついて来る。六人倒せばまた始めの子供が取りついてきて、さすがの三人も身心大いに疲労し、妖怪のために生命取られるかと呆然としていると、虚空から「親にかかれ」と声がする。これを仏神の加護と思った百太郎たちは大女に組みつくと大女、叶《かな》わじと逃げ出す。犬若飛鳥のように飛びかかって組み合うところへ、大力の雉子之助力を添え、大女を押し倒し、刀で貫いた。

それにしても虚空に聞こえた声は、この寺の本尊であろうかと内陣を見上げると、「さにはあらず、我れなり」といって一人の武士が現れ、百太郎の前に出て「自分は安久見の家臣田原源吾時郷。こよい妖怪退治に来たが、あなた方が現れたので鏡岩の所に隠れ、万一の場合は助けようと見守っていた。鏡岩に大女は狸の姿に映ったので、親にかかれと忠告した次第」という。松明《たいまつ》を点して見てみると、牛のような大狸が死んでいた。また子供と見えたのは道分《みちわけ》の六地蔵で、刀が折れたのも道理だと百太郎たちは驚いた。

源吾は、百太郎一行に我が家に逗留することを勧め、一緒に豊城へとともない帰った。

◉――百太郎、再び豊姫に巡り合う

田原源吾は、百太郎の聡明、謙譲、さらに源吾を師父の如く敬う態度に感心し、ある日「あなたは姓名を隠し、名もなき者といわれるが、定めて系図正しき方と思われる。従う二人の若者も勇気に満ちている。包まず名前を明らかにされて、より親しみを増したい」と言う。百太郎答えて「私はある事情があって父の不興を受けておりますので、今は名を明かすことができません。父の許しがおりました折には、名前を述べ御親切にお応え致しましょう」と言う。源吾はそれ以上、無理には聞かず、「この間、あなたの軍学、剣術についてお話を伺うに大いに驚いています。一度太刀の使い方も見せていただき、未熟の点を直してほしい」と願うと、百太郎も悦んで「御立会いの上、私にも御教示いただければ、この上もない」と承知し、二人は稽古場に出て試合を始めた。三度戦ったが勝負決せず、源吾はほとほと感心し、「私も諸国遍歴して諸流と手合わせしたが一度も負けたことがない。だのに三度戦って勝てないのは、私の負けだ。これにつけ一つ頼みがある。私の友の浜名卯兵衛が先月赤岩軍蔵という者に殺され、卯之松という十四歳の遺児が父の仇をとりたいと、私に剣術指導を願っている。私には勤めがあり、その余りの時間では彼の上達は望むべくもない。あなたにお預けして日夜に学ばせたい」と申し出た。百太郎は「私のような未熟者には恐縮なお話であるが、討たれた浜名氏と一面識あった仲、御相談にのりましょう」というと、源吾は悦んで卯之松を呼び寄せ、師弟の盃をさせ、さらに雉子之助、犬若とも兄弟の約を結ばせた。雉子之助十五歳、卯之松十四歳、犬若十三歳。

この後、昼夜道場に出て、源吾と百太郎が交互に稽古をつけ、夜は源吾が軍学を講じ、馬術の訓練が行われるなど、一寸の隙もない修行が続いた。その結果、三人の若者は十年二十年の手練《てだれ》に増って、一騎当千の強者《つわもの》に成長した。

一方、百太郎の恋心。今一度姫君に逢いたいと願うけれども、何分深窓の令嬢、まして幾度か危険におそわれた経験から、花園だにも姿をお見せにならない。百太郎はどうすることもできず、日々胸の火を焦がすばかりであった。夏も過ぎて星祭る七夕《たなばた》の頃、源吾の道場の隣りは豊姫の物見の亭であったので、この二ケ月ほど百太郎その辺を徘徊するものの姫君を見ることもなく、夢にも面影浮かばず心を痛めていたところ、今夜は乞功奠《きっこうでん》ということで、物見の亭には短冊を付けた笹や供物が並べられていた。

百太郎も稽古場に形ばかりの供物を供《そな》え、牽牛・織女二星の逢瀬《おうせ》をうらやみ、一絶の詩を詠んだ。

聞説《きくならく》今宵烏鵲駕　双星無レ恙渡二銀河一
人間底事《なにごとぞ》不レ如レ意。僅隔二翠楼一難レ会多
と書いて、隣の楼を見上げると、一陣の風が吹いてその懐紙をいずこともなく舞い上げた。その時、楼上からも短冊が風に飛ばされたと騒ぐ声が聞こえたと思うと、百太郎の所に一つの短冊が落ちてきた。それには

七夕の今宵逢瀬を思ひやれば鎌倉山の星ぞ恋しき　豊子

と美しい筆跡で書いてある。百太郎、この鎌倉山の恋しい人とは自分のことではあるまいかと胸をときめかす。逆に百太郎の詩は楼上に吹き上げられ、姫が手に取って見れば佐理《さり》卿の筆法を得た巧みな書、詩の意《こころ》を読めば世の中、恋に悩む人は私のほかにもいることよと思いながら何気なく隣の方を見ると、なんと江の島にて危難を救ってくれたあの若者がいるではないか。

姫君は胸とどろき、「さてはあの方も自分を慕ってここへ見えたのだろうか。この詩はあの人の作なのであろう。恩人に出会って一言御礼も述べ、自分の気持ちも知らせたい」と思ったが、さすが女の身としては恥ずかしく、ましてこの詩が他の人のものであったならば何にもならないなどと、あれこれ悩むやるかたなさ、涙がこぼれるばかりである。腰元たちが風邪などひきますから

と、姫君を中に入れようとするが、暑いので端居《はしい》するよ、隣の庭の鈴虫の音が面白いなどと抗《あらが》っている声、百太郎の耳に聞こえ、魂は楼上に登ってしまう気持である。

思い切って百太郎、「この短冊をお返ししよう」と声をかけ、自分の形見としての印籠を重しとして楼上に投げ上げた。姫君は渡された印籠を肌に着け、今度は腰元に命じて懐紙を百太郎に渡させるが、それには彼女の黄金で鴛鴦《おしどり》を形どった笄《かんざし》が付けられていた。

◉――百太郎、源吾の館を退去

姫君の兄、飛騨守殿が城の櫓の上から、姫君と百太郎のこの行動を見ていて、「代々将軍家旗下の家柄の姫が、正体も知れない浪人者と不義あっては御家の穢れ」と立腹、その後は姫を一間に押し込め厳重に守りを付けた。姫君は悲しみに沈み、「先だって鎌倉から帰って以来、相手の気持も知らぬまま恋しく思うのも恥ずかしいと諦めかけた時でさえ、なお忘れ難かった。今度は相手の真心も知ったのに、こうして押し込めの身となるとは、よくよく幸薄い我が身であることよ。相手も恋すればこそ訪ねて来てくれたのに、その思いを無駄にすること女の本意ではない。今日より食を絶って死のう」と思い、ただ読経《どきょう》に日を過ごす有様となった。

これを聞いた飛騨守は、母の臨終の言葉に「姫の心に叶う人を聟《むこ》にしてやってほしい」とあったことを思うが、妹を名もなき下郎と結婚させる訳にはいかないと考え、源吾を呼び寄せて事情を話し「早々追い出すべし。姫が恋死するのもやむなし」と言い渡した。源吾恐縮し、「これは私の責任です。彼の系図を尋ねたのですが深く秘す身の上。ただ剣術に秀で、物事にへりくだる謙譲の徳を備え、その上詩歌音楽の道も心得た、当世の英雄です。ただ下郎の伜《せがれ》ならば御家の瑕瑾、姫君には思い止まるよう。もう一度、彼の素姓を尋ねて参りましょう」と申し上げた。

　源吾は百太郎に飛騨守の言葉を伝え、その上で「あなたの系図が判明すれば安久見の聟殿に迎えられる。正体をおっしゃっていただけば、私とも断金の交わりを結ぶことができます」と迫ると、百太郎じっと聞いていたけれども顔を上げ、「実は建長寺入仏供養の折、姫君を見染め、江の島に姫を訪《たず》ねて行ったとき、理不尽に姫を誘拐《ゆうかい》しようとする男達がいて、私が彼等を切り殺し、姫を浜名卯兵衛に渡した。しかしその男達は権門の倍臣《ばいしん》であったので、父が私を鎌倉から追放したのです。私は姫を恋しく思うままこの地に来て、あなたの食客となったのです。どうかこの恥ずかしい私の心をお許し下さい。系図の件は以前の通り、父の不興が解けてから申します。一度、口に出して約束した以上は破れません。父の許しが出た時にはどうか媒介《なかだち》をして下さい。私はこの館を出て他国へ参ります」と説明した。

雉子之助・犬若を連れて出発しようとすると、卯之松、百太郎の袖に取りつき「御供をしたい」と切願する。源吾は百太郎の義侠の心に感服し、「君子の一言、金鉄よりも固い、手柄を立てて再び戻らば、めでたく結婚させせよう。また卯之松もぜひ連れて行ってほしい」と頼んだ。こうして二人は名残を惜しんで別れたが、源吾、飛騨守の御前に参上し、百太郎の言葉を伝えると、飛騨守も「その言葉どうして下賤の者であろうか。再び来た時には妹の聟。源吾よろしく計らえ」といい、それは姫君にも伝えられたので、姫も百太郎の再来を心待ちにするのであった。

◉――吉村弾正の謀叛、猿軍師の策謀

宝治二年（一二四八）、三浦前司泰村、謀叛して北条時頼を倒そうとしたが、計画露《あらわ》れて誅された。この一族に吉村弾正という者がいて三河国へ逃げ、東条の城主を追い出して自ら城主となっていた。近国の無頼の男たちを集めて徒党を組み、叛逆の色を見せると、逃亡中の塩見兵藤太や赤岩軍蔵もここに身を寄せ一味となった。一方、この東条の城にほど近い石巻山には、鈴鹿の蟹を打ち殺して逃げて来た猿がおり、種々の妖術を用いて財物を奪い美女を掠《かす》め、悪行さまざまであったけれども、雲を起こし風を呼ぶ術があるので、誰もこれを止めさせることができない。吉

村弾正これを聞き、我が謀叛の助けともしようと自ら石巻山に赴き、慇懃に助力を頼んだ。猿は悦んで東条の城へ移り、名を黒衣郎山公将軍と名乗った。畜類を軍師にする吉村弾正は何とも浅はかであった。

山公、弾正に進言して「先んずれば人を制す。不意に豊城を攻め落とし、街道に関を据えて鎌倉へ運ぶ物資を奪い軍用にしてはどうだろうか」という。弾正「豊城を攻める謀《はかりごと》はあるのか」と尋ねると、「豊城は堅固の城郭、水責めでなければ落ちますまい。まず、前芝、御馬《おんま》の辺に堤を築き、我が術をもって大雨を降らせよう。城中水浸しになって敵が魚腹に葬られんこと、案の中である。もし城から逃げ出しても城外に待ち受けて皆殺しにすればよい」と猿が言う。

弾正、言われた通りに人を遣わし川下を堰き止めると、猿天に向かって呪文を唱え、車軸を流す大雨を降らせた。水かさ日々に増え、豊城は御殿も水に浸《つか》る有様となった。豊城の安久見飛騨守驚き、田原源吾に川下の様子を見に行かせる。源吾が筏《いかだ》を組んで川下に至ると前柴、御馬のあたりは吉村弾正の旗・指物《さしもの》が立ち並び、軍兵が懸命に堤を築いている。源吾は城に戻ると飛騨守に様子を語り、「敵の謀にはまった以上、城の小勢で七転八倒の戦いをしても勝てないでしょう」と復命した。飛騨守は「討ち死は覚悟の上だが、生は難し、死は安しという言葉もある。よい方法があれば述べよ」と源吾に言えば、源吾「野武士づれの集まり勢に討ち死は末代までの恥」といい、傍らにいた植田頼母の顔を見て、「あなたの面ざしは誰よりも飛騨守様に似ている。敵に飛騨守は切腹するから配下の者の命は助けよと申し入れるならば、必ず了承するであろう。その時飛騨守様は雑兵にまぎれて城を落ちていただきたい。頼母は殿のふりを装い、検使を引き受け、腹を切って水中に落ちよ。死体を探しているうちに、殿は二、三里も先に落ちのびることができるだろう」と涙ながらに申し上げる。

頼母はこれこそ武士の本懐と躍り上がって悦ぶが、飛騨守は首を縦に振らない。「大切な臣下をどうして切腹させたりできようか。運を天に任せ大手門《おおてもん》を開いて、敵陣に切り込もう」というのに対し、頼母は涙ながらに「それは無謀というもの。ここは源吾の計略を実行して、もう一度運を開いていただきたい。足場のよい所を占拠する敵には勝ち目がない。殿が駄目だとおっしゃるなら、私はここで生害いたします」といって肌脱ぎになったので、飛騨守これをおしとどめ、「分かった。源吾の言うのに従い、後日に会稽《かいけい》の恥を雪《すす》ごう」と承知した。

吉村弾正は安久見方からの申入れを受け、軍師山公将軍を呼んで評議にかけると、山公は「城中に兵糧の蓄えなし。飛騨守死して足弱《あしよわ》を助けんとすること尤《もっと》も。我らはこの城を取って街道を押さえることが狙い、人を殺すのが目的ではない。飛騨守一人切腹させ、余の者の命を助ければ仁政の評判が立って味方も増えよう」と述べた。評議一決、検使に塩見兵藤太、副使には偽首《にせ》に

瞞《だま》されないように飛騨守の顔を見知っている赤岩軍蔵が選ばれた。

◉――豊城落城。猿、豊姫を奪う

水漬《びた》しの城中、飛騨守は豊姫に「明日筏に乗ってここを去り、どこへなりとも逃げよ」と告げたので、大いに驚き、「私は深窓に育ち西も東も分からない。いっそ死にたい」と嘆くと、乳母《めのと》同然に姫に仕えていた卯之松の母が、姫君を諫め「恋しい人を待つ身ではございませぬか。私がお供をし、必ずその方に逢えるように致しましょう。心長く」と励ましたので、筏に乗って裏門に向かう。ところが猿の山公将軍、天眼通《てんげんつう》をもって、姫君の筏の漕ぎ行くのを見透し、好色第一の猿のこと、呪文を唱えると黒雲一むら姫君たちの上に舞い下り、中から太い腕が伸びて姫をつかみ虚空へ上がった。卯之松の母は姫君に抱きついたが、化生《けしょう》の腕は二人ながら空中に引き上げた。姫君を奪われた腰元たちは悲しみにくれ、水中に身を投げたのはいかにも無惨であった。

飛騨守と田原源吾は雑兵のように破れ具足に張り笠という形《なり》で裏門から脱出した。本来裏門の落人吟味は赤岩軍蔵の役であったのだが、急に副使に選ばれたため、飛騨守を見知らぬ者が吟味したので、容易に通ることができたのであった。安久見の運はいまだ尽きてはいなかった。

一方、検使の兵藤太、軍蔵は船で城中に入る。植田頼母は立烏帽子、素袍《すおう》を着し、傍らに牛久保八郎、小坂井主水《もんど》を従えて現れ、軍蔵を見るやはったと睨《にら》み、「人面獣心の軍蔵、妹に不義をしかけ、浜名卯兵衛を殺害し、どの面《つら》さげてここに来た、尾籠なり」とののしった。軍蔵心に応えて顔を上げることができない。その間に頼母は押し肌ぬぎ、腹に刀を突き刺すとそのまま水に落ち込んだ。左右の家来も刀を口にくわえ、同じく水中に飛び込んだ。兵藤太は軍蔵に「飛騨守に相違ないか」と尋ねれば、軍蔵「相違なし」と答えたものの、最前一喝された恐ろしさ、頭上に雷が落ちた気がしたと震えあがった。

水中に人夫を入れて死骸を求め、首を切って弾正の実検に備える。弾正は軍蔵から「飛騨守の首に相違ない」と言われ、勝ち鬨《どき》をあげると前柴、御馬の水を切り落とした。今回の勝利は山公将軍の手柄ということで、豊城を山公に任せ、吉村弾正は東条の城に帰った。城を逃げた飛騨守一行はまず鳳来寺へ落ち、岩本院にしばらくいてから、秋葉越《あきばごえ》に鎌倉に向かった。将軍家に訴え、弾正誅伐の助力を仰ごうとしたのである。

◉――鈴鹿山の蟹、百太郎を督励する

話はかわって百太郎一行。都を目ざす途中、鈴鹿の坂の下という所まで来て、日も沈んだ。「その昔、ここは強盗がいた所よ。その余類が今もいるならば、旅のなぐさみに退治せん」などとい

いながら鈴鹿峠に至ると、後方から「百太郎殿、しばらく」と声がする。鎌倉育ちの百太郎、どうして我が名を知っているのかと不審に思いながら振り返ると、顔が平らで目玉の飛び出した異人《いじん》が現れた。彼は両手を前に組み礼をなし、「あなたがここを通るのを待っていた。願くは我が茅屋《ぼうおく》へお越し願いたい。大事なことをお伝えしたい。さあどうぞ」と案内されたので、百太郎一行、不思議に思いながらついて行く。異人の家というのに着いてみると、楼門を備えた立派な屋敷。山中のこのような立派な家、狐狸の住いか仙人の家かと思ううち、大門が開かれて異人は中へ入っていく。多くの下部《しもべ》がおり銀盥に湯を持ち来て四人の足を洗う。幾つもの部屋を通って立派な一間に通され、美味しそうな馳走が並べられる。四人は馬糞などであろうと疑い、箸をつけないでおくと、異人はそれを見透《すか》したように大笑いし、大丈夫だというので食べてみるとまさに山海の珍物、美味なることこの上もない。

食事が終って異人が言うには「私は実は人間ではない。ここに数百年住む蟹である。名を無腸公子《むちょうこうし》という。私の父の横行《おうこう》という者、建久の頃に友達であった猿に殺された。仇《あだ》を討つのに豪傑の力を借りたいと願ったが、今まで見つからなかった。あなたはお若いけれども豪雄、さらに義侠の気に富んでいる。仇の猿は神通自在の力を持っており、しかも今は軍師、数百人の首領、容易にはうち倒せない」と嘆く。さらに異人は続けて、「先ほど一大事といったのは、この猿、軍師となって三河の豊城を攻め取り、城主安久見弾正守殿は自殺、妹の姫君は美人なので猿が妾《てかけ》にしようと妖術を使って奪い取った。あなたはこの姫と契《ちぎり》を結んでいることを通力によって知っている。だから力をあわせてともに猿と戦おう」と言った。

百太郎はびっくりして、「そこまで御存じならば隠すこともない。豊城の出来事は初めて聞いた。あなたの望みといい、飛騨守の仇討ちといい、早く三河に帰り復讐を遂げたい」と告げた。卯之松が豊城にいる母を心配して涙を流すと、異人はしばし考え、「あなたの母上は生きており、豊姫と一緒に猿の館にいる。また飛騨守生害といったのは、実は側近の侍で、飛騨守は田原源吾とともに落ち延び、今鎌倉にいる。警戒すべきは豊姫の身の上で、貞操の危機にある。早く救出しないと猿は思い通りにならない怒りで姫を殺してしまうだろう」という。百太郎が異人に「あなたは千里を見透す神通力を持っている。一緒に行ってともに戦おう」と誘うが、「四方千里を見通す力はあるが、外に何の力もない。教えてあげよう、猿は力が強く、梢を飛び、雲を呼び雨を降らすさまざまな術を持っているが、人の心中を察することができない。また千里眼ではあるが鬼門（丑寅《うしとら》＝北東）の方だけは見通せない。この猿を討つには鬼門の方角に兵を置けばよい。この秘密は誰にも洩らすな」と教えたのであった。百太郎は大いに悦び、夜の明けるを待って出発した。後を振り返ると、家も楼門も消え失せていた。

◉——百太郎、天狗と戦う

伊勢の桑名から乗合船に乗り、宮（熱田）を目指す。ところが同船していた山伏三人、百太郎を尻目に見ながら、「剣術は我らに適《かな》うものなし」などと高慢な口ぶりで挑発してくる。百太郎は聞き流しているが、雉子之助が「御流儀は何」などと尋ねると、山伏たちは嘲《あざけ》って、「嘴《くちばし》の黄色いお前たち、流儀を尋《き》くなど未熟の至り」と傍若無人の言いぐさ。雉子之助が怒りの色をあらわすと、百太郎これを目で制する。下船して二村山へ来かかっても、同じ道を歩いていた山伏が百太郎をなじるので、とうとう雉子之助堪えかね、「子供と思って馬鹿にするな。御相手しよう」という。百太郎はこれを叱り、山伏に「我々は未熟者、立ち会って負けるよりも、前もって負けるが勝《かち》」というと、山伏ひどく感心して、「お年は若いがあなたは本当に勇者だ。船の中から挑発していたのに賢く振る舞った。実は我々は、師匠の命令であなた方の術を試すために遣わされた者だ、是非一手お願いしたい」と申し入れてきた。これには百太郎辞退できず、杉村の中の相撲場のような所で試合が始まる。

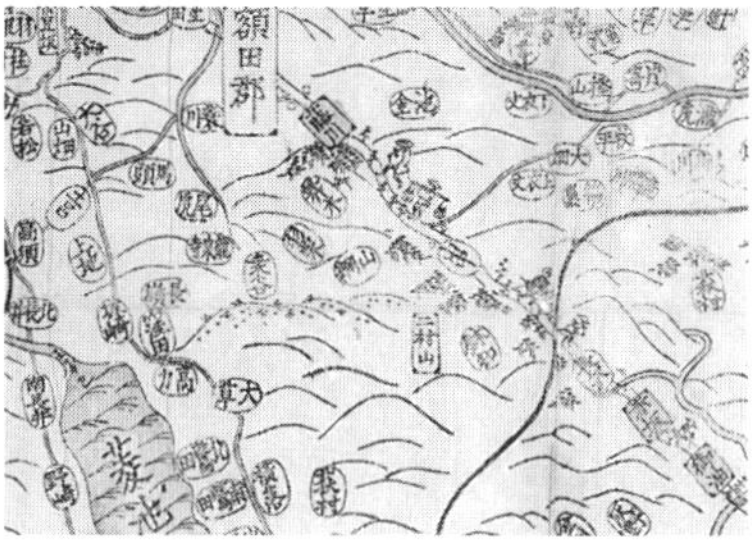

二村山（懐玉三河州地理図鑒）

三河の二村山（法蔵寺）

まずは犬若、木太刀を取るより早く、一人の山伏を攻めかけ、杉の梢に逃げるところを地上から跳び上がって打ちすえる。次に卯之松、木刀受けとらないうちから攻めこまれ、相手の切っ先を払い潜《くぐ》りして避けながら、犬若から木太刀を受け取ると、すかさず相手を擲《たた》き伏せた。続く雉子之助、今度は大山伏相手に向かい合う。山伏木刀を投げ捨ててむんずと組みついて来るところ、雉子之助も金剛力を出して受けとめ、揉み合いするうち、とうとう山伏を押し伏せた。

三人の山伏屈服して、「実は我々、秋葉権現の家来、あなた方を援助せよとの神託で、桑名までお迎えに上《あが》ったのです。悪口を言って挑発したのは一時の戯れ、お許し下さい。さて、大事な話をいたしましょう。あなた方が豊川の地をお通りになるなら事変に巻き込まれるでしょう。今豊川では新関を据え、赤岩軍蔵が往来の人を改めています。あなた方の顔を見知っていますので、見付けたら飛道具《とびどうぐ》で射倒そうと待ちかまえています。権現がこれを痛ましく思って、御油《ごゆ》から鳳来寺へ導き、秋葉海道を通って遠州へ出るように神託されました」といって道案内するのであった。

この剣術試合をした場所は、藤川から右へ入った山中の「天狗が平《たいら》」という所であり、雲母《きらら》谷と並んで今も残っているとのことである。

四　『蟹猿奇談』のものがたり　勝利の歌

◉——百太郎、田原源吾と再会

百太郎たちは*秋葉権現に導かれて遠江に至り、神前に通夜すると、夢とも現ともなく権現が現れて、「敵を滅ぼすこと遠からず。悪猿、三州遠州で人民を悩ましているが、それを退治するときは火の力で助力しよう」と告げたのであった。百太郎主従は明ければ秋葉山を出発し、掛川へ出た。その日掛川の宿は大騒ぎである。今度安久見飛騨守が吉村弾正を討つため、鎌倉から軍勢をともなって来て宿泊しているのだという。百太郎は田原源吾の宿所を訪ねると、源吾は再会を悦び、「鎌倉であなたの事を尋ねたら、現在執権第一の青砥左衛門尉殿の御子息と判った。飛騨守もそれならば聟にとっても名誉だと悦んでおられたぞ」と、豊姫との結婚に許可が出たことを知らせる。百太郎は謙遜して、「父は政道に携わっておりますが、もとは匹夫《ひっぷ》の身」という。源吾は漢の高祖がもと亭の長であったこと、劉備玄徳がもと履《くつ》を打つ筵《むしろ》の職人であったことを例に引い

*秋葉権現　静岡県西部、周智郡春野町に鎮座。修験道の霊地で、江戸時代火伏せの神として信仰を集めた。三尺坊は天狗とされる。

て安心させ、まずは飛騨守との対面を勧めた。

安久見弾正守は百太郎の威風堂々という姿を見て悦び、「あなたの義侠心、源吾から聞いている。私は吉村弾正のために落城したが、執柄《しっぺい》時頼殿の計らいで再び軍勢を引き連れ、ここまで来たのだ。明日は東条へ押し寄せ、弾正を踏み潰すつもり」と言う。百太郎「仰せ御尤《もっと》もでございます。吉村弾正は野武士風情《ふぜい》の寄合勢に過ぎませんが、警戒すべきは軍師黒衣郎山公です。彼は風雨を操る曲者《くせもの》、加えて豊姫を人質にしておりますので、困難な戦いになるでしょう。ですから、先に豊城にいる猿を亡ぼし、そのあとで弾正と戦うべきです」と進言する。源吾も道理と思い、「ではその猿を倒す謀があるか」と言えば百太郎にっこと笑い、「十二分に考えました。一、二日のうちに討ち取りましょう。猿の妖怪を倒すのに大勢で攻めては、雲に乗りどこへ逃げるか分かりません。そこで我々数人でやりましょう。その間、軍勢は「風雨を起こす山公将軍に対抗できないので鎌倉に戻る」という流言を広め、退去を装って下さい。猿はきっと油断するでしょう」とさらりと説明する。源吾「まことに奇代の策だ」と悦び、早速、流言を広めて軍勢を藤枝、岡部まで引き返させた。源吾は百太郎に姫君の無事な救出を頼み、卯之松には母と姫君の救出に専念せよ、仇は赤岩軍蔵なのだから、猿を討つ事に心奪われるな、と忠告した。

翌日、軍勢は掛川を引き払い、大井川を越えて藤枝、岡部の辺に屯《たむろ》する。百太郎たちは田舎の寺参りの恰好で笠をかぶり、天竜川を越え、引馬野《ひくまの》、浜名の橋を過ぎ、白菅《しらすが》の里に到着した。道

端に老女一人餅を売っている茶店があり、百太郎たちがその餅を求めようとすると、それはなんと犬若の母であった。犬若驚き、母がどうしてここにと不審がると、嬉し涙にくれた母は「柏原の庄屋が私を大事に養育し、大金を投じて足の治療もしてくれたのですっかり癒った。去年、庄屋が亡くなったので所縁《ゆかり》を尋ねてここへ移り、生活のためにこの仕事をしている。親子の縁絶えることなく、こうして再会できたのは何とも嬉しい。さあ、このお餅をお食べ」という。百太郎大いに悦び、「軍の門途《かどで》に餅《かちん》とはめでたい」という。皆々餅を腰に付け、勇んで出発する。猿退治の折に婆《ばば》に逢い、柏原より来た者の餅ということで、今も「猿が婆《ばば》の柏餅」という名が伝えられている。

◉——猿、姫君を監禁

吉村弾正が猿を軍師としたが、猿は畜生、どうして人間の政《まつりごと》ができようか。黒衣郎山公将軍と号し、天下に敵なしと誇っても、猿知恵に過ぎない。『荘子』にも、楚は猿の冠をかぶったものという言葉を載せている。

猿は姫君を奪ったものの、さまざま口説いても姫は貞操を守ること堅く、猿は怒って殺すと言

い始めた。お付きの卯之松の母が猿をなだめ「気長に」という。猿は大崎島の別業に姫を押し込め、卯之松の母に付き添わせて、必ず姫を説得せよと命じた。

吉村弾正は、飛騨守が再び兵を起こして攻め来ると聞き、山公将軍を招いて評議を行ったが、先だっての飛騨守の首は偽首であったということで、兵藤太・軍蔵を呼び出し、「二心まぎれなし」と両名を城から追い出した。猿が「飛騨守も私の妖術に恐れをなし、掛川より引き返したと聞く。私が付いている以上、泰山のように微動だにしない。安心あれ」と鼻高だかに言う。

白菅から二川の辺に近付いていた百太郎の一行、百太郎の予測に違わず、飛騨守の軍勢が引き返したのを知った猿が、大いに誇り威張っていると聞いて、「今晩夜討ちをかけよう」と計画するところへ、鈴鹿の蟹の無腸公子が忽然《こつぜん》と現れ、「遅い遅い、待ちくたびれた。それにしても夜討ちなどの戦法はよろしくない。猿は神変不思議の者、夜討ちと聞けばすぐに姿を消し千里の遠くへ逃げ去るぞ。これこれこうせよ」とささやく。百太郎は「なんと豊姫は大崎島にいたのか。あなたのいう通り、大崎島に行き豊姫に会って計画を授けよう。それにしても警戒厳重な大崎島の館へ、どうして入ったらよいか」と聞くと、蟹の老人はにっこり笑い、袖から馬の頭の人形、太鼓、笛、鼓を取り出し、「これは春駒《はるこま》という俳優《わざおぎ》が持つ遊び物だ。あなた方はこれらを持って踊りまわる放下《ほうか》の姿をして門内に入るのがよい。芸を見せろと言われたら後ろに付いた私がやりましょう。馬に猿は付きものだから、猿の家来もこの俳優に心を許すでしょう。城内に入ったら姫と卯之松の母に会い、私の謀を教えなさい。猿将軍きっとすぐに大崎島にやって来るでしょう。ちょうど石巻山の猿の一族もこの大崎島に来ている。ここで姫を奪い返したならば即座に火を放ちなさい。そうすれば猿は皆殺しになるだろう」と計画を説明した。「姫に計画を教えたら必ず鬼門の方角に隠れるように。そこは猿の目が届かないから」といって蟹は姿を消した。

◉——館侵入、豊姫に会う

百太郎主従は、もちろんこんな芸人風情《ふぜい》の俳優はやったことはないけれど、蟹の無腸公子に教えられた通り、春駒や笛・太鼓の鳴物《なりもの》を持って、大崎島へやって来た。門番の男はいつもの春駒が来たと奥へ伝えると、猿の一族が玄関先へやって来て、いつものように早く始めろと言う。百太郎も困ったと思うところに、犬若は剽軽者《ひょうきんもの》で、例の春駒を持って無二無三、懸命に舞い始めた。不思議なことに各自が鳴らす太鼓、鼓、笛、自然に拍子

春駒（『角川古語大辞典』所引）

が合って、猿の一族どもは面白い、面白いと御機嫌で、「引出物多くとらせよ」といいながら館の内へ入っていった。そこへ腰元が一人出てきて、「先日来囚《とら》われている姫が春駒を見たいとおっしゃるけれど、表では不都合なので、俳優の四人だけ奥庭に入ってもう一度舞ってみよ」という。これこそ天の与えと四人は目を見合せ、奥に入ると、そこには豊姫と卯之松の母だけがいた。

姫君は百太郎を見て大いに驚いたが、素知らぬ体で侍女たちに、「世を忍ぶ身で、俳優の芸を見るのも遠慮される。山公将軍の一族の耳に入っても面目が立たない。次の間にいて一族の者が来たら、すぐ止めるから連絡しておくれ」と、侍女たちを次の間に行かせた。

姫君はあまりのなつかしさに百太郎に抱きつき、さめざめと泣く。百太郎も年頃の恋しさつらさを語り、「今日ここへ来たのは公の所用。今晩猿を討ち取る計画だが、何分神通自在の猿が相手なので、刀で倒すのは難しいだろう。実は猿を倒すことができるのはあなたをおいて他にない。どうするかというと、お付きの卯之松の母を豊城の猿のもとへ行かせ、「姫君は心を改め今宵より公《きみ》の仰せに従います。行く末永く栄えん、今宵ぜひお越し下さい」と言わせて下さい。猿が悦んでやって来たなら、言葉で彼をとらかし酒を勧め、閨《ねや》に入るとき灯火を消して下さい。それを相図《あいず》に我々は立ちかかり生捕りにいたします。協力願えますか」と言うと、姫君は「承知しました。兄上やあなた様の功業となる仕事、たとえ命をなくしてもやり通します。それにしてもここへ忍び込むときには、この裏に水門があります。乳母に門を開かせておきますからそこからお入り下さい」と答えた。百太郎「それはありがたい教えだ。しかもその水門は丑寅《うしとら》の方角、これは我々の運の開け始めだ」と悦ぶ。この間、三人の家来が笛、太鼓、鼓を鳴らしていたので、腰元たちも春駒の舞だとばかり思っていた。四人が門を出るときには、館の下部たちは「また来てくれ」と声をかけた。

◉——蟹の復讐、山公将軍の死

卯之松の母が豊城へ来て、山公将軍に対面し、姫の口上を伝えて「今宵きっと大崎島へお越し下さい」というと、猿は大いに悦び、乳母の言葉をすっかり信じて多くの引出物を与えた。山公は今宵こそ千代の契りを結ぶことと心勇んで、暮れるのも遅いと待ちかね、大崎島へやって来た。姫は美しく粧《よそお》い言葉に情を含ませて迎えたので、猿はいよいよ嬉しく、酒宴を始めた。卯之松の母は大盃を持ち出し、といいかくいい酒を勧めると、嬉しさの余り数盃を飲みほし、すっかり酩酊し、「いざ姫とともに寝所に行こう」とよろめきながら立ち上がったものの、「このような時こそ油断ならぬ」と千里の遠きを見渡した。丑寅の方角に百太郎たちが隠れているのに気が付かず、心をゆるし、錦の蒲団《ふとん》の上に安坐して、今から喜見城の楽しみと姫を引き寄せる。その時、乳母が灯火をふっと消した。猿は驚いて「何をするのか」と不審がる。乳母は「姫君が新枕《にいまくら》は恥ずかしい。床入りのときは灯火を消すようにとおっしゃいましたので」と答えると、猿は「女の心は

そうであろう」と笑って姫に寄り添おうとしたとき、水門から忍び込んでいた百太郎と雉子之助が猿にがっしと組みついた。猿はびっくりしながらも雉子之助を二、三間投げ飛ばしたが、すかさず卯之松、犬若もとびかかり、上へ下へと揉み合った。

急なことだったので猿は身を隠す呪文を唱えることもできず、力まかせに二人を膝の下に敷き、百太郎をねじ伏せようとするのを、雉子之助起き上がって再度加わり、四人がかりで猿を押さえつけた。

かねて用意の鎖を出し猿を縛ったが、猿はこれを朽ち縄のように引き切った。無腸公子がしずしずと現れ、「そいつを生捕るのは困難だ。ただ胆《きも》のあたりを突け。外の場所では刃は立つまいぞ」と教えたので、百太郎「心得たり」と短刀を猿の胆の辺に突き通す。さすがの猿も「あっ」と叫んでひっくり返った。雉子之助と犬若が、さらに刀で切り付けたがまるで金鉄の身体、刃の方がはね返った。

その間に卯之松は、姫と母を船に乗せ水門から外へ漕ぎ出す。猿は大いに怒り、苦しい息の下から「口惜しや、姫に瞞された。こういうこともあろうかと最前、天眼通で見まわしたとき、鬼門の方角に隠れていたのだな。それにしても我が術を使えないようにしたお前は何者だ」と尋ねると、無

腸公子姿を現し、「お前が私の父横行《おうこう》を殺した。私は力がなかったから無念の思いで数百年を過ごした。今回、この勇士たちと力をあわせ、年来の本望を遂げたのだ。汝の罪が汝を責める。他を恨むべきではない」と大声で言うと、猿は嘆息し「自分は千年の長生きをし、人間と交わり、悪業を重ねて天下に敵なしと思ったが、運が尽きたのであろう、女に瞞され命を落とすことになった。我が天数は尽きた。お前が親を殺された無念さはよく分かる。我が首を取って親の供養にせよ」と言いも終らぬうちに、蟹は「言うまでもない」と大きな鋏《はさみ》で猿の首を切り落とした。

蟹は百太郎に感謝して、「あなたのお陰で年来の本望を達した。これから鈴鹿山に帰り、猿の首を供えて親の霊を祭ります。あなたは猿が乗ってきた駕籠に乗られ、雉子之助と犬若がそれを担《かつ》いで門をお出になれ。私も一計を案じましょう」と教えた。

百太郎の乗った駕籠が表門を通るとき、無腸公子、高らかに「将軍が急用あって豊城へ帰るぞ。早く門を開けよ」と呼ばわると、門番大急ぎで門を開け、平伏した。一行やすやすと門を出ると、時刻は子《ね》刻。強烈な風がさっと吹いたかと思うと、表門の方から火が燃え出し、みるまに炎は天をこがす。猿の一族は「何事ぞ」と驚き、大慌てになるが、表門よりの火なので逃げ場なく、後方は南海渺々《びょうびょう》と広がっている離れ島、こちらも逃げ場なくして猿が一族、のこらずここに滅んだのである。実はこれ、全て秋葉権現の御加護であった。このことがあって、ここを「猿が島」と言いならわしたが、天正の頃にはまた元の大崎島に戻った。しかし今も「猿が島」という人もいる。

◉──豊城の戦い、吉村弾正滅亡

百太郎は駕籠に乗ったまま豊城に行き、「門を開け」と呼ばわると、門番見るに山公将軍の駕籠なので、「夜中、急にお帰りになるとは何事」と大あわてで、閂《かんぬき》を抜いて城中に入れた。百太郎まんまと城内に入り、奥深く進むと、宿直《とのい》の者も皆ぐっすり寝込んでいる。百太郎は城の櫓に登ると相図のための狼煙《のろし》をあげた。

実は、姫君と母とを救出した卯之松は、大崎島を逃げ出した船で、そのまま飛騨守の陣所がある浜名まで漕ぎ行き、百太郎たちが猿を討ち取ったらそのまま豊城へ行くので、軍勢うち寄せよという相図に狼煙《のろし》を上げるという約束のあることを、飛騨守に伝えていたのであった。約束通り豊城の中から狼煙が上がったので、田原源吾は悦んで、浜名の宿から一文字に豊城へ駆け寄せ、大門を遮二無二押し破った。城中では思いも寄らないことだったので、上へ下へと狼狽し大騒ぎする。奥にいた百太郎主従も刀を抜いて暴れまわると、人々、敵味方もわきまえず同士討ちをすること少なくなかった。

城中の残党を討ち滅ぼして勝ち鬨《どき》を上げ、とうとう豊城を取り返した。百太郎、上段の間を見れば注連縄《しめなわ》を張って大事に置いてあるものがある。なんと阿黒王の宝で、猿が持ち去った隠れ笠、隠れ蓑、宝の槌であった。百太郎は大切に取り納め、続いて飛騨守を城中に招き入れた。入城した飛騨守は早速、民を撫育する政を行った。

このことが東条へ聞こえると、吉村弾正は大へん驚き、信頼していた山公将軍も蟹の計略にかかって百太郎に殺されたと聞き、すっかり力を落とした。所詮東条の城も野武士の寄合勢にすぎず、大した戦いはできないと悟って、自ら縄にかかって命を助かろうと豊城へ来て罪を詫びた。降参してきた者を殺すのはどんなものかと飛騨守も迷い、すぐに鎌倉に訴え出た。時頼が言うには、「吉村弾正は、前司泰村に荷担して謀叛に加わった者である。その罪を許したにもかかわらず、またもや叛逆するとは言語道断である。もはや助け置く必要はない。さらし首にせよ」という命令である。飛騨守はこれを聞いて、弾正の切り首を晒《さら》して、その恥を長く天下に知らしめたのであった。

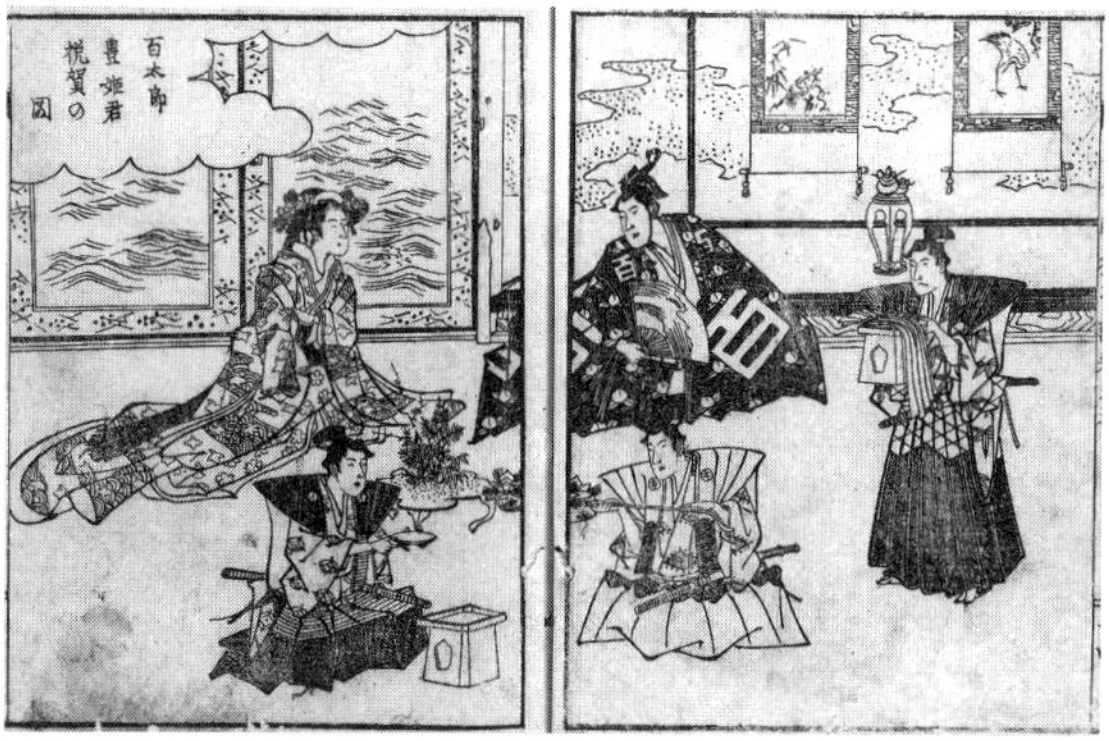

◉——百太郎、豊姫と結婚

こうして謀叛人を討ち滅ぼした安久見飛騨守と青砥百太郎は、鎌倉に下り、執柄たる北条相模守時頼卿に、その経緯を細かく言上した。時頼公はひどく感心して、青砥左衛門を召し出し、「汝の伜の百太郎、武者修行と称して鎌倉を出たが、このような大きな手柄を立てて帰ってきたのは実に殊勝なことである。そこで特別に、吉村弾正がいた三河国東条の城を与えるから、よい治政を行うように。また安久見飛騨守の望みであるから、その妹の豊子と結婚するがよい。今度の恩賞として大崎島を*粧い田《けわいでん》として与える」という懇切な命令、飛騨守も左衛門もありがたく思い、早速結納の儀式が取り行われた。百太郎の父母の喜び一方ならぬものがあった。

百太郎は時頼公に、例の三つの宝を差し上げた。「この宝は昔、鈴鹿山の鬼退治の折、あの猿が奪い取って豊城に深く納めていたものです。豊城の上段に注連《しめ》引き渡して置いてあった隠れ笠、隠れ蓑、宝の槌でございます」

*けわい田　結婚のとき、嫁がせる娘に持参させた田地。化粧田

と言上すると、時頼は側近の侍に隠れ笠、隠れ蓑を冠らせてみる。忽ちその姿が消え、宝の槌も思う物を心に念じて振ると、金銀珠玉が意のままに出てくる。時頼はこの宝をしばらく掌《てのひら》にのせ、心を静めてもう一度見ると、今度は瓦礫《がれき》に見えた。時頼は笑って「これは妖宝だ。本当の宝ではない。このような物を宝というのなら、天下みな妖術を尊ぶことになるだろう。中国に「善をもって宝とす」という言葉があるではないか。百太郎は若いから世に稀な宝と思ったのも道理ではあるが、私は大事なものとは思わない。即刻焼き捨て、その灰を瓶《かめ》に入れ、百太郎の領内石巻山の麓に埋めて石碑を建て、宝塚と名付けるがよい」と言われた。左衛門も飛騨守も、時頼の器量の大きさを痛感したことであった。

◉——千両箱と隠形の奇計

両家の婚姻とどこおりなく完了し、岩月雉子之助、柏原犬若は若年であったけれど両家老となり、親を呼び寄せ安楽に老の暮らしをさせたのであった。しかし浜名卯之松だけは親の仇を討つことができず、心楽しまず悶々としていた。

実はその仇のことであるが、兵藤太と軍蔵は吉村弾正に追い出されたあと、あちらこちらをさまよっていたが、今は猿も弾正も滅んだと聞いて益々心細く、天にくぐまり地に抜き足をするように身を忍ばせていた。ある日軍蔵が兵藤太に「大事のことを忘れていた。猿に仕えていたとき、畜生に勤仕するのは残念に思い、金子《きんす》千両を盗み取り本丸の松の下に埋め置いた。自分が飛騨守の首を見誤り、豊城を追われたときあまりに急であったので、この金を掘り出すことができなかった。このまま捨て置くのは何とももったいない。しかし今は豊城の警護厳しくて入れない。どうしたものか」と語ると、兵藤太はいろいろ考え、「一つの案を思いついた。おぬしも知っていようが、猿の重宝の隠れ笠、隠れ蓑、百太郎が鎌倉へ献上したとき、時頼は真の宝ではないと焼き捨てさせ、その灰を石巻山に埋めさせたことがある。その瓶の灰を盗んで来て、濡れ身にまぶすなら宝の威力で隠形《おんぎょう》の術となるかも知れない。どうだ盗んでこようではないか」と提案する。二人はすぐに石巻山へ行き、塚を壊し瓶を掘り出して持ち帰る。まずは試しに軍蔵の腕を濡らしてこの灰を塗ると、たちまち片腕なき人となった。これは不思議と兵藤太の着想を誉めながら、早速風呂に入って全身を濡らしこの灰を塗ると、軍蔵の姿は消えてどこにいるかも分からない。

兵藤太は軍蔵に「おまえはこのまま白昼の豊城の門を通るがよい。咎《とが》める者は誰もいまい。私は夜になって安久見口の小門に行くから、おまえは城内から錠《じょう》を開けて私を中に入れてくれ。一緒に松の下を掘り千両を持って逃げよう。その金で西国の方にでも旅に出よう」と言うと、軍蔵の「承知した」という声だけがした。

軍蔵は裸のまま豊城の追手まで来たが、咎める者もない。幾重もの門を通り、以前から勝手を知った城内なので、やすやすと本丸の松樹の下に来た。軍蔵は誰の眼にも入らないので面白く、あちこち歩きまわるうち、田原源吾が本丸の方へやってくる。軍蔵、「あいつは同僚のとき、さんざん自分に恥をかかせた。憎い奴だ」と、拳《こぶし》をあげて源吾の頭をぽかりと殴った。源吾はびっくりし、誰の仕業かと周囲を見まわしたが誰もいない。妙なことだと思ったものの仕返しする訳にもいかず、御殿に入っていく。

この折、飛騨守殿が本丸の縁先にお出になられ、源吾、卯之松も列座する。軍蔵はここで松の下を掘るのはまずいと考え、根に腰をかけて殿が奥に入るのを待っていると、飛騨守は卯之松に植木の世話を命じた。卯之松は下部に水を持ってこさせると、自ら股立《ももだち》を取って水を撒く。軍蔵は自分の身体が他人に見えないのに油断して、悠々と卯之松の働きを見ていたところ、卯之松は手桶のまま、水をざんぶと松にかけたので、思いもよらず軍蔵は頭から肩先までずぶ濡れになり塗りつけた灰も流れ落ちてしまった。上半身が現れた軍蔵を、卯之松「怪しい奴」と叫んで飛びかかった。

軍蔵は自分の顔が露顕したことをうち忘れ、呆然《ぼうぜん》としているところを引っ組まれ、逃げようとしたけれども、大力に組み付けられて縄をかけられた。源吾これを見て「赤岩軍蔵。顔はあれども身体のないのがいぶかしい。さきほど我が頭を打ったのはこいつの仕業か。卯之松、こいつの全身を洗ってみよ」という。水をかけてみると*斎藤別当の例ではないけれど、全身全てが現れ、何一つ隠すところのない赤裸、尾籠の限りである。

◉――軍蔵と兵藤太の最期

卯之松は赤岩軍蔵を捕らえ、喜びの余り踊り上がり、「親の仇」というままに刀を抜くと、源吾それを止《と》どめ、「おまえが心急ぐのは尤もながら、こやつ妙な姿でこの城にもぐり込んだのは何か訳があるのだろう。骨をぶち折っても拷問し、白状させたあとで切るとも張るとも好きなようにせよ」と言う。飛騨守も軍蔵を見て怒りをあらわにした。

軍蔵、今は逃《のが》れぬ所と観念し、源吾に「事情を話しますが、褌《ふんどし》も着けない情けない姿で死ぬのは何とも面目ない。衣類と刀の大小を貸してほしい。その上で卯之松と勝負させてほしい」と涙ながらに頼む。源吾は「似合わない武士臭《くさ》いことを言うものだ。白状さえするならば衣服大小を与え、卯之松の計いに任せてやろう。そこで運を天に任せよ」と言う。軍蔵は卯之松の年若いのをあなどり、何とかここを切り抜けようという腹であった。軍蔵は「この松の下に盗み取った千両を埋めておいたが、隠れ笠、隠れ蓑の灰を身に塗って姿を消し、塩見兵藤太と約束をして取りに来た。兵藤太は今晩、安久見口から忍んで

＊斎藤別当　斎藤実盛《さねもり》。老齢の実盛が白髪を黒く染めて若作りし木曽義仲の軍と戦った。戦死ののち義仲が首を洗って、実盛の覚悟を知った。

来るはずになっている」と委細残らず白状した。飛騨守と源吾は笑って、衣服大小を軍蔵に与えた。

卯之松は仇を討つ機会を得て、天にも上る思い。軍蔵は衣服を着け大小を脇にはさむと、飛騨守に「勝負は時の運。私が卯之松を切り倒したときはどうなさるおつもりか」と尋く。すかさず源吾が「おまえには大罪あるが、卯之松に勝ったならば命を助けよう」。飛騨守も「おまえが勝ったら樹下の千両を渡して、国境まで送らせよう」と言う。それを聞いて軍蔵、大いに悦び、今度は卯之松に「かわいそうだが我が刀の鬼となって死ぬだろう。しばし猶予を与えるから母に暇乞《いとまご》いをしてこい。私の腕前は冴《さ》えているから苦痛なしにあの世へ送ってやろう」とあくまで悪口を言い続けたので、卯之松の顔面まっ赤になり、物をも言わず、バッと切り込む。憐れや軍蔵、一度も切り合わせることもなく、二つに割られて死んでしまった。見ていた人々はどっと笑った。

源吾が松の下を掘ると千両の黄金が出てきた。飛騨守は卯之松の働きを誉めて、褒美にこの金を与えた。そして源吾にある計略を授けると、源吾は千両の空箱を担《かつ》いで安久見口へ向かい、しばらく待っていると塩見兵藤太が門外に現れた。源吾は千両箱を肩に門の扉を開く。兵藤太は小声で「軍蔵、うまくいったか」と尋く。中から物も言わず千両箱を渡そうとするので、兵藤太は何の疑いもなく手を出してきたところで、源吾飛びかかって押さえ付け、縄を高手小手《たかてこて》に縛りあげた。兵藤太訳《わけ》が分からず呆然としているところへ飛騨守や卯之松もやって来て、源吾の活躍を誉め称《たた》えた。兵藤太は処刑され、千秋万歳の春がやって来た。

五　栗杖亭鬼卯と豊橋

◉――鬼卯の生涯

『蟹猿奇談』の作者は栗杖亭鬼卯である。鬼卯については岸得蔵氏による詳細な研究がある。本書もその研究に従って、鬼卯の生涯を概観することにしたい。

鬼卯は延享元年（一七四四）の生まれ。文政六年（一八二三）八十歳没から逆算したもの。安永三年（一七七四）鬼卯三十一歳のとき、河内国茨田《まった》郡佐太村（大阪府守口市）の佐太八幡宮に自ら選句を行った俳諧撰集『佐太のわたり』を奉納した。鬼卯の二十七句も含まれている。生地や家系などはよく分からないが、後年、「河州佐太隠士　大須賀陶山」（『東海道人物志』）と署名しており、佐太がその生国であったようである。

鬼卯は佐太時代、伊奈文吾と称し、この地にあった永井侯陣屋に仕える下級武士であった。『佐太のわたり』の序文によれば、絵画、連歌、狂歌、俳諧に遊ぶ風流人であったという。その後大阪へ転居した。名も大須賀周蔵と改めたようである。後年、彼の読本が大阪で出版されるような事情もこの佐太村や大阪での居住や交友関係が有利に作用したものと考えられる。

次に安永八年（一七七九）春、三十六歳のとき、二十三歳の妻夜燕《やえん》をともなって三河国吉田（豊橋市）にやって来る。住居は元鍛冶町（現、新吉町の一部）にあり、一瓢庵鬼卯と号したという。当時の吉田には古市木朶《もくだ》、前川曲浦、植田古帆、富田桐茂、近郊の二川には紅林一隠、山本南圭らがおり、俳諧の交流が濃《こまや》かであった。また絵も続けていた。天明二年（一七八二）三月八日、妻の夜燕が病没。墓が魚町妙円寺にあり、正面に「夜燕女之墓」とある。墓誌に

夜燕ハ津ノ国島下郡中之城吉田氏の女、ひと、なるや才かしこく和歌および画を善す、安永己亥春三河吉田にしるよしありて、其せとにてあめる大須賀氏に従つて来る、居ること四とせ、天明壬寅三月八日病に臥て身まかる、春秋二十六、妙円精舎に葬る、夜燕かつて病の間、ある時、予に託するに墓誌をもつてす、よりて其概略を書して、其需に地下に応ずと云

天明二年歳次壬寅昏三月　　友人甲斐天目源益之誌

とあるという。鬼卯の吉田移住も、夜燕の「しるよし」があったからであることが知られる。夜燕自身また俳諧や絵画にすぐれ、吉田での文雅の交流に花を添えていたものと思われる。

『俳諧蓼迺穂《たでのほ》』という写本（植田古帆の俳諧書留）に、夜燕の年忌法要が行われて俳諧が手向けられたことが記されているが、その中に、天明八年

夜燕信女の七年の正忌をむかへて、在し世裁縫の業はさらなり、万に風流なりしことどもにつけ、感懐を催し侍りて、

おもひ出すや其世の絵かき花結び

とあり、二十六歳で逝った夜燕という女性の賢女と風流ぶりをしのんでいる。また寛政六年の十三回忌には

夜燕信女は津の国の産にして、爰にみまかられ、其夫鬼卵ぬしは、今仕官の身の私ならず、東国にあれば、十三年の忌日にも旧知の輩墓所に詣で、聊香花を備《(ママ)》え、聊追懐を述るのみ 甲寅三月五日集 運山十三四輩

おもひ出すそれよ心の花供養

と記されている。夜燕十三回忌には鬼卵は既に伊豆に居を移しており墓前に参列することも出来なかった。吉田在住の知人十三、四人が集って法要を営んだのである。若くして逝った夜燕という人の魅力がうかがわれるようである。

◉——三島、駿府、日坂

寛政三年（一七九一）〜六年のころには、鬼卵は伊豆国三島に住んでいた。吉田から三島に移った時期は定かでない。伊豆韮山《にらやま》代官江川氏手代として勤務していた。寛政六年は鬼卵五十一歳。

やがて鬼卵は官を辞して駿府に移住した。安倍川の西、川原村に住し、小林六兵衛の娘須美を養女として二人で暮らしていた。寛政九年刊の『東海道名所図会』巻三・五の挿絵を描き、「駿府鬼卵写」などと記している。

鬼卯の絵（『東海道名所図会』吉田天王祭）

須美が結婚して、寛政の末ごろ、鬼卯は遠江の日坂に移った。絵を描いて業とし、一方で「きらん屋」の屋号で煙草を商った。店の明かり障子に

世の中の人とたばこのよし悪しは煙となりて後にこそしれ

と狂歌を書いていたところ、日坂宿を通行した松平定信が目をとめて褒美を与えたという。鬼卯は日坂で年若い女性と結婚、晩年を著作に専念した。次に日坂時代に書かれた読本作品を年代順にあげる。（ ）内は角書。

文化四年（一八〇七）
『(復讐昔話) 蟹猿《かいえん》奇談』五冊　浅山蘆国画
『(新編復讐) 陽炎《かげろう》之巻』六冊　桃渓画
文化五年（一八〇八）
『(報仇) 浪華侠夫伝』六冊　松好斎画
文化六年（一八〇九）
『(犬猫怪話) 竹篦《しっぺい》太郎』五冊
文化七年（一八一〇）
『茶店墨江草紙』八冊　浅山蘆洲画

文化八年（一八一一）
『長柄《ながらの》長者黄鳥墳《うぐいすづか》』六冊　石田玉山画
『絵本更科《さらしな》草紙』前後編十冊　石田玉山画
文化九年（一八一二）
『（おちよ半兵衛）今昔《いまはむかし》庚申譚』五冊　蘭英斎蘆洲画
文化十年（一八一三）
『（復讐奇譚）初瀬物語』六冊　葛飾北明画
『（北野霊験）二葉の梅』六冊　一峰斎馬円画
文化十一年（一八一四）
『恋夢艋《ゆめのうきはし》　後編』五冊　一峰斎馬円画
『河内木綿団七島』五冊　一峰斎馬円画
文化十二年（一八一五）
『（伊勢日向）寄生木《やどりぎ》草紙』十冊　浅山蘆洲画
文化十三年（一八一六）
『夕霧書替文章』五冊　東南西北雲画
文化十四年（一八一七）

『丹州鬼嬢伝』五冊　北堂墨山画
『再咲《かえりざき》高台梅』六冊　東南西北雲画
『染揚桂川水』五冊　葛飾北明画
文政元年（一八一八）
『(復讐奇談) 幸物語』六冊　葛飾北明画
『四季物語　夏の巻』五冊　牡遊亭藁雄画
『謡曲春栄物語』五冊　北亭墨僊画
文政四年（一八二一）
『絵本更科草紙』三編五冊　一峰斎馬円画
文政七年（一八二四）
『(於半蝶右衛門) 月桂新話』前編六冊　葛飾北明画
文政八年（一八二五）
『(於半蝶右衛門) 月桂新話』六冊　柳川重信画

『絵本更科草紙』合三編十五冊で一作品、最後の二点『月桂新話』が前後編で一作品、また鬼卵没後の刊行である。総計二十一部。

鬼卵が日坂に居を定めてからの晩年、いかに精力的に物語を書き続けていたかが知られるであろう。最初の『蟹猿奇談』を除けばすべて大阪での出版であり、上方においては押しも押されぬ流行作家であった。

◉——鬼卵の文学

鬼卵は若いころから俳諧、狂歌、絵画、和歌、連歌など多様な才能を示したが、文学史的には読本の作家として評価される。

この時代、文化文政期の文壇の状況は、寛政の改革のあとを承け未曾有の活気を見せていた。読本のジャンルでは、山東京伝が『桜姫全伝曙草紙』（文化二年）、『昔話稲妻草紙』（文化三年）などを刊行し、滝沢馬琴は『月氷奇縁』（文化元年）、『墨田川梅柳新書』（文化三年）を書き、史伝物として『椿説弓張月』（文化三年〜七年）、『南総里見八犬伝』（文化十一〜天保十三年、一八四二）などを次々と発表している時期で、江戸読本の最盛期であった。

それに比べ、鬼卵が作品を発表し続けた上方の読本界は衰退期にあった。実は鬼卵も江戸読本の世界での活躍を夢みたのであったが、彼の作品は江戸では輝くことができなかった。

京伝も馬琴も、ともに鬼卵よりは年下であったが、鬼卵は読本作家を志したときに、弟子入りを願い出ている。馬琴は、馬琴は初より戯作の弟子といふものなし。文化より文政に至るまで、幾人欺縁《か》を求めて入門を請ひしものありしかど、意見を述、固辞して師となることを肯ぜず。……文化の比、遠州菊川の鬼卵すら狂歌堂真顔を介として、馬琴の門人たらんことを請しかど、馬琴は丁寧に意見を示して肯ぜざりしと聞えたり。（『近世物之本江戸作者部類』）

と述べている。「鬼卵すら」と言っているところに、既に鬼卵が読本作者として一定の評価を得ていたことを馬琴が知っていたことを示していよう。

実直な下級武士として過ごし、俳諧・狂歌・絵画では人並以上の評価を得る才能、大阪から日坂に至る放浪の体験……晩年の鬼卵は笑いの滑稽本や遊廓を扱う洒落本などではなく、読本というまじめな物語創作に向かったのは自然だったかも知れない。読本の素材として取りあげた伝説や奇談は、多く彼の諸国遍歴の間に耳にしたものである。

しかし、鬼卵の文学は、出版件数や情熱とは関係なく、京伝や馬琴のそれには及ばなかった。京伝や馬琴らが『水滸伝』を始めとする中国の白話小説を翻案し、壮大な構成、新奇な趣向、雄勁華麗な言葉や修辞といったいずれの点においても、田舎住まいの鬼卵がよくこなすところではなかった。鬼卵は昔話などに材を取り、当時写本などで広まっていた仇討ちなどを描く実録体風の文体で読本を書いている。馬琴などに比べれば叙述は平板、類型的で特徴がない。

もっとも鬼卵の読本の中には『長柄長者黄鳥墳』などのように歌舞伎になったものもあり、『夕霧書替文章』『絵本更科草紙』などのように明治・大正期になって活字化されたものもある。鬼卵はまちがいなく上方読本の代表作家の一人であったし、世間からも迎えられていた。馬琴との比較という視点だけでなく、大衆文化としての面からも、再度読み直されてみる必要があるだろう。

◉——豊橋、その周辺の地名

『蟹猿奇談』の中には多くの地名が用いられている。地名そのものの場合もあれば、「赤岩軍蔵」「塩見兵藤太」などという人名に付されている場合も多い。その地名の多くが豊橋およびその周辺のものであるのが特徴である。鬼卵が人生の半《なかば》、十年ばかり滞在した豊橋（吉田）の記憶が生かされたものであろう。物語の中で重要な役割を果たしている地名について幾つか、簡単な説明をつけておく。

豊川城　物語の中心にある城で、「豊川の城」「豊城」と記されている。この名称には本文の中で「今ノ吉田也」と割り注が付されているので、強いて解釈すれば、新城・豊川・豊橋の地を貫流する豊川沿いの、吉田の街にある城、くらいの意味である。豊橋には大河内氏などが城主を勤めた吉田城が豊川沿いにあり、鬼卵も漠然とこの城を想定しているようだが、現実をはばかったのであろうか、吉田城の名を一度も使っていない。

この豊川城の城主は安久見《あくみ》飛騨守公輔《きみすけ》。「安久見」は古代における豊橋地方をさす名称で、現在

石巻山

も旧吉田城の西に飽海町《あくみ》がある。古くは吉田城の追手《おおて》であった。江戸時代には吉田城内に安久美神戸《かんべ》神明社が祀《まつ》られていたが、明治十八年、城域が狭まったとき現在地（八町通三丁目）に遷座した。

石巻山　霊猿山公将軍と名乗った悪猿が籠もった所として描かれる。豊橋の北東部にある三五五・六メートルの小山であるが、釣り鐘形の奇形で印象深く見える山である。山麓に式内社の石巻神社がある。南北朝時代には南朝方、高井主膳の城があったとされる。『蟹猿奇談』の中で、百太郎が時頼の命により、隠れ笠、隠れ蓑、宝の槌の重宝を焼いて、その灰を石巻山の麓に埋め、そこを「宝塚」と称《よ》ぶと記してあるが、現実の地名であったのかどうかは分からない。

大岩観音堂　百太郎主従が吉田をめざし二川宿を出るとき、夜には妖怪が出ると村人から教えられた場所が大岩観音堂である。一行が訪れた観音堂は無住で荒廃しており、狸の化物も出て来るが、物怯じしない一行に退治されることになっている。大岩観音堂は、豊橋と二川の中間にある岩屋山の観音堂のことで、二川宿大岩寺の境外仏堂である。背後の岩屋山頂には銅製の聖観音像九尺六寸が立ち、眼下の東海道を見下ろしている。この岩屋観音と称ばれる像は明和二年（一七六九）に立てられたが、『蟹猿奇談』の中では触れられていない。田原源吾が百太郎たちの化物退治を見ていた「鏡岩」は、『参河名所図絵』渥美郡に「鏡岩、南の方山上にあり、高六尺余、幅九尺許の石肌滑、赫奕たり」と記されている。化物の中に「道分《みちわけ》の六地蔵」とあるのは、岩屋山を北めぐりして豊橋に向かう道と南側を通っていく道との分岐点にあった地蔵だろうと思われる。

東上（東条） 安久見飛騨守を倒し豊川城を乗っとろうと企てる吉村弾正が拠る城。東上は宝飯郡《ほいぐん》一宮町にある地名。物語の中で石巻山の近くとあり、その北方に位置する。中世、勝川古城があったとされるが、『蟹猿奇談』の中では東上について具体的に触れられた記述は何もない。

大崎島、大崎城 誘拐された豊姫が監禁された所。大崎町は豊橋市の南部、梅田川河口部左岸で、西側は三河湾に面している。浅瀬が続き、現在は埋立地が広がる。島ではない。湊があり、伊勢桑名や遠江今切への船便もあった。ここには江戸初期、戸田宣成が築いた大崎城があったが、鬼卵がそれを想定していたかどうか明らかでない。物語の中で大崎島を「猿が島」と言う人がいると記している。古い伝承があったものであろうか。

猿が番場 吉田へ向かう百太郎一行が、遠江の浜名、白須賀、潮見坂を経て、三河国に入る直前、猿ケ番場（馬場）を通る。ここには茶店があり、柏餅が名物であった。浅井了意の『東海道名所記』（明暦二年、一六五九頃）には

猿が馬場。柏餅ここの名物なり。小豆《あづき》を包みし餅、裏表柏葉にて包みたる物也。

（寛保元年一七四一）

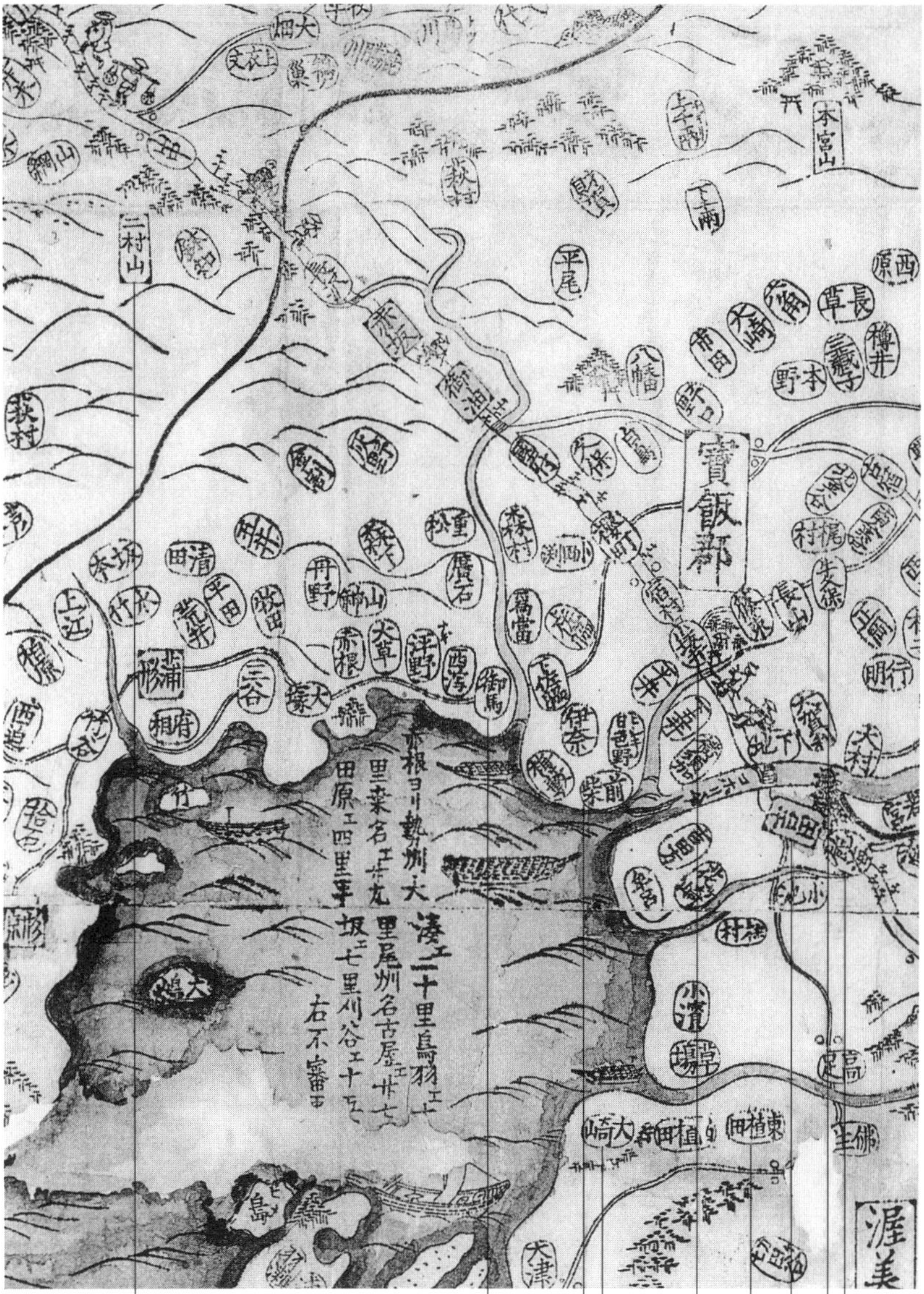

懐玉三河州地理図鑒部分

と見えている。『蟹猿奇談』では百太郎の家来の一人、柏原犬若がこの地で餅を売っていた老母にめぐりあうという趣向をこしらえ、それが猿退治の折、柏原の婆《ばば》が売っている餅であるので名付けられたと、ずい分こみ入った由来談を記している。

なお、物語の中で田原源吾の奮戦にちなんで「源吾坂」と名付けられている坂は、白菅と二川の間とされており、「三ッ坂」の地名を利用したものか。

二村山　歌枕として有名な二村山であるが、古歌では尾張国とも三河国とも両様に詠まれている。尾張の二村山は現在の豊明市沓掛の山であり、三河の二村山は岡崎市の東端、本宿の二村山法蔵寺の山である。『蟹猿奇談』では後者をとっており、鈴鹿から東海道を東へ引き返した百太郎一行が藤川から右へ入った山中が二村山で、ここで天狗たちと剣術の果たし合いをする場面が描かれている。そこを「天狗が平《たいら》」といい雲母《きらら》谷と並んで今も残っていると記しているが、現実にあったのかどうかは不明である。百太郎一行はこのあと御油から鳳来寺へ抜け、秋葉街道を通って遠州へ行く。

鳳来寺岩本院　「峯の薬師」として名高い鳳来寺は、豊橋から豊川をさかのぼる南設楽郡に位置する。奈良時代の利修仙人開基以来非常に栄え、門谷《かどや》村の登り口から一、四二五段の長い石段を登り本堂に至る。その石段の両側は杉、桧の巨木が鬱蒼と繁り、沿道には僧坊の跡を示す石垣が数多く残る。岩本院はその僧坊の一つで、本堂から石段を下り始めた最初のところにあった。天台・

真言両派が軒を並べる中で岩本院は天台で、明治十八年（一八八五）鳳来寺と合寺して消滅、現在はその跡の石垣をとどめるに過ぎないが、天和二年（一六八二）の記録にもその名が載り江戸時代を通じて鳳来寺の中で重きをなした寺院であった。

この外の地名を挙げておく。

武蔵、岩月（槻）
相模　雪の下、江之島弁才天、児《ちご》が淵、蝦蟇石《がまいし》
伊豆　三島明神、東光寺の薬師
駿河　沼津、千本松原、柏原、藤枝、岡部
遠江　浜名卯兵衛、塩見兵藤太、白菅、秋葉権現、西川、掛川、天竜川、引馬野、浜名の橋
三河　赤岩軍蔵、二川、田原源吾、前芝、御馬、植田頼母、牛久保八郎、小坂井主水、藤川、御油
尾張　宮
伊勢　鈴鹿山、坂の下、田村神社、立烏帽子明神　猪の鼻、猿ケ欠、蟹が坂、桑名

引用文献　参考文献

【サルカニ合戦関係】

1　『蟹猿奇譚』豊橋市中央図書館橋良文庫蔵　版本五冊

2　『近世子供の絵本集』江戸編・上方編　鈴木重三・中野三敏他編　岩波書店　昭60（『さるかに合戦』『猿蟹合戦』『今様噺猿蟹合戦』）

3　『さるかに合戦』稀書複製会　米山堂　大正15

4　『草双紙集』小池正胤他　岩波書店　平9（『童蒙話赤本事始』）

5　『江戸期昔話絵本の研究と資料』内ヶ崎有里子　三弥井書店　平11（『猿は栄蟹は金』）

6　『万物滑稽合戦記』続帝国文庫　明34（『猿蟹遠昔噺』『含餳紀事』『猿蟹物語』）

7　「愛知大学文学論叢」120輯、126輯、127輯　沢井耐三（『敵討猿ヶ島』『絵巻・猿ヶ嶋敵討』『増補獼猴蟹合戦』）

8　『日本昔話大成』12冊　関敬吾編　角川書店　昭54

9　『さるかに合戦絵本考』沢井耐三　東愛知新聞　昭61・7・16～26記事

【栗杖亭鬼卵関係】

1　『仮名草子と西鶴』岸得蔵　成文堂　昭49

2　『読本の研究』横山邦治　風間書房　昭49

3　『三河文献綜覧』近藤恒次　豊橋文化協会　昭29

4　『俳諧蓼廼穂』（書写本、刊本『蓼廼穂』とは別書、原本所在不明）「『俳諧蓼廼穂』に見える鬼卵と夜燕」（手書き原稿）による。豊橋市中央図書館橋良文庫蔵

5　「夜燕２００年ぶりの法要」（仮題）東海日々新聞　平11・３・５記事

『蟹猿奇譚』の利用、掲載を許可された豊橋中央図書館に感謝いたします。なお、本書は愛知大学研究助成（C－95）の成果の一部です。

刊行のことば

愛知大学は、戦前上海に設立された東亜同文書院大学などをベースにして、一九四六年に「国際人の養成」と「地域文化への貢献」を建学精神にかかげて開学した。その建学精神の一方の趣旨を実践するため、一九五一年に綜合郷土研究所が設立されたのである。

以来、当研究所では歴史・地理・社会・民俗・文学・自然科学などの各分野からこの地域を研究し、同時に東海地方の資史料を収集してきた。その成果は、紀要や研究叢書として発表し、あわせて資料叢書を発行したり講演会やシンポジウムなどを開催して地域文化の発展に寄与する努力をしてきた。今回、こうした事業に加え、所員の従来の研究成果をできる限りやさしい表現で解説するブックレットを発行することにした。

二十一世紀を迎えた現在、各種のマスメディアが急速に発達しつつある。しかし活字を主体とした出版物こそが、ものの本質を熟考し、またそれを社会へ訴える最適な手段であると信じている。当研究所から生まれる一冊一冊のブックレットが、読者の知的冒険心をかきたてる糧になれば幸いである。

愛知大学綜合郷土研究所

【著者紹介】

沢井　耐三（さわい たいぞう）
1944年　福井県生まれ
1966年　金沢大学卒業
1973年　東京大学大学院博士課程単位取得
現在、愛知大学文学部教授

主な著書＝『守武千句考証』（汲古書院）、『室町物語集』上・下（共著、岩波書店）、『お伽草子』（貴重本刊行会）、『西ベルリン本御伽草子絵巻集と研究』（共著、未刊国文資料）、『米国議会図書館蔵日本古典籍目録』（共著、八木書店）等
研究分野＝日本中世文学。連歌・俳諧・お伽草子を中心に、室町時代から江戸初期の文学について研究。サルカニ合戦は子育ての中で絵本を収集し始めたのがきっかけ。

愛知大学綜合郷土研究所ブックレット ⑥

豊橋三河のサルカニ合戦 —『蟹猿奇談』

2003年3月31日　第1刷発行
著者＝沢井　耐三 ©
編集＝愛知大学綜合郷土研究所
〒441-8522 豊橋市町畑町1-1　Tel. 0532-47-4160
発行＝株式会社 あるむ
〒460-0012 名古屋市中区千代田3-1-12　第三記念橋ビル
Tel. 052-332-0861　Fax. 052-332-0862
http://www.arm-p.co.jp　E-mail: arm@a.email.ne.jp
印刷＝東邦印刷工業所

ISBN4-901095-36-6　C0391